逃往经幡

TAOWANG
JINGFAN

鲍 贝/著

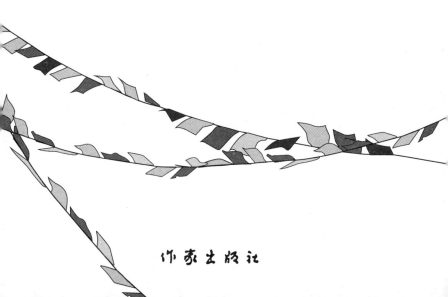

作家出版社

目
录

第一章：走进阿里

1

冬天已经开始。

阿里的空气变得更加稀薄，漫无边际的大雪即将覆盖这片藏北高原，游客们都在纷纷撤离。而我和小米、冯小青，还有唐古拉四个人却一拍即合，决定从拉萨出发自驾进阿里。

在出发之前，冯小青几次电话来问我，我们的这个决定是否有点疯狂？她从没到过西藏，第一趟就选择去阿里，又是在冬天，兴奋和激动的心情可想而知。她一定觉得这是一次充满刺激和冒险的非同寻常的旅行。

可是我并不觉得在冬天开始的时候去一趟阿里会有多危险。任何一个地方，只要你到达那里，陌生感和距离感便会随之消失，诸多未知和可能存在的冒险，皆会变得稀松平常。

我对冯小青说："别把自己当成探险队的，我们只是开着车沿途去感受、去体验、去看看别处的风景，很快就会回来。"

"那儿可是世界屋脊，荒无人烟、生命绝迹的地方，我们真就这么说走就走，是否哪天我们将为这次心血来潮的决定付出惨重代价？"冯小青停顿了一会儿说，"我在想，我们还能回得来吗？"

"冯小青你能不能不这么夸张？"

"我害怕嘛。"

我们大笑出声。笑过之后，冯小青忽然就严肃起来，她说："不开玩笑，说真的，如果阿里可以容得下我，我就在那儿定居，真不想回来了。"

"你别开玩笑了。"

"我可是当真的。"

"当真个头，你这才是心血来潮。你和小米一样，总爱说些言不由衷的话。她也说想逃离城市，要去找个偏远干净的地方定居。"

"因为我们都住在同一座城市里，都在忍受雾霾的煎熬，都有一颗出逃的心。"

"都好好的，逃什么逃？"

"你不住在锦城，你完全无法体会我们的处境，我告诉你吧，我们过得都不好，是很不好——！"

"好吧，但愿你们成功出逃，心想事成。"

真是奇怪，这两个人动不动就想着逃逃逃，感觉她们整天就在想着逃离家庭，逃离城市，逃离人群，再下去，想逃离地球的心都有了。在哪儿生活还不都大同小异，难以安置的并不是我们的身体，也不是我们的物质生活，而是我们的心。把心安置好了，一切就都好了。

2

飞拉萨前的那晚，我看完了一部纪录片《西藏的西藏》，详细讲述了阿里高原的前世今生。在这之前我所了解的西藏正史，是从七世纪松赞干布的吐蕃王朝开始的。可是这部纪录片却告诉我，早在吐蕃王朝之前，就有一个辉煌繁盛的王朝——叫"象雄王国"。

也就是说，象雄才是阿里最初的王朝。那时候的象雄人全都信奉古老的苯教。自象雄国开始，人们手中的转经筒就已经

逃往经幡

在这片藏北高原上转了三千多年，而古老的象雄文和它曾经的历史，却在人们的记忆中渐渐消失、淡至无痕。

当时的吐蕃王松赞干布，为了树立自己的权威和政治目的，一举歼灭了象雄国，象雄国才从此消失。而西藏正式引进佛教和使用藏文字，都是在七世纪以后的事。纪录片里还提到一段，象雄古国曾经的盘踞地，在一个叫"穹隆银城"的地方。三千多年后的今天，那里成了常人难以抵达的神秘的遗址。

我盯着片中的遗址好久。有一种欲望在我内心深处蠢蠢欲动。那片遗址——确切地说，是三千年前的王朝，如今的废墟——就像一个神秘而不可猜想的未解之谜，仍然存在于世。正因难以抵达，它成了我此行想去抵达的又一个目的地，成了我临时起意的新的愿望。

3

唐古拉是我们当中唯一一位男士。他携着他那颗"漂泊的灵魂"在西藏各地游荡了十多年，人称"藏漂"一族，是个酷爱冒险、剑走偏锋的家伙。他在拉萨开了家"唐古拉客栈"，聊以维持他的生活。

小米第一次到拉萨旅行的时候，就住在唐古拉客栈。她就在唐古拉客栈里认识了唐古拉，然后，两个人一见钟情。

异地恋进行了好几年。小米始终深爱唐古拉，唐古拉也很爱小米，对小米百依百顺、如胶似漆，但就是没有娶小米为妻的意思。

据说，唐古拉在很多年前结过婚，没到几个月便离了。理由是，他已经习惯一个人飘来飘去、想去哪儿就去哪儿的自由状态，受不了婚姻生活所带来的束缚。

而独自生活了三十多年的小米，却只想结束单身狗的日子，想和唐古拉结婚。可是唐古拉迟迟不表态，总在设法回避这个问题。小米又是个极爱面子的人。婚姻这种事，要是男方不主动，她就没法去强迫人家娶她，只能将愿望闷在心里，一个人苦熬。

4

我们各自飞到拉萨。就在我们去办边防证的路上，冯小青忽然接到她报社打来的电话，让她立即飞回去，说有个重要采访需要她到场。

"真是见鬼啦——！"

冯小青气得在人来人往的大马路上扯开喉咙就骂。她对电话里的那个人说："我明明请好假了才出来的，请假条上都有领导的批字，你们怎么说变就变，把我当成什么？我都已经在拉萨了，我怎么回去?！我不回去——！"

气得快疯掉的冯小青，在挂断电话后大概五分钟内，便强行把心火扑灭，在网上订了张当天飞回去的机票。

纵有千般委屈、万般无奈，她还是不敢违抗单位领导的指令，不敢任性地砸掉她好不容易捧在手心里的铁饭碗。

最担心回不来的冯小青，还异想天开嚷着要在阿里定居的冯小青，在出发前就撤离了。冯小青一撤离，我活生生就成了一盏闪亮的电灯泡，夹在唐古拉和小米之间。

我们仨还是如约出发了。

如果一路顺畅，当天晚上我们就能到达普兰县，可以夜宿塔钦。塔钦是一座小村庄，就在冈仁波齐神山脚下。

逃往经幡

我和唐古拉对这条路都很熟悉，尤其唐古拉，他来的次数比我多。但小米却是第一次。她以前飞到拉萨，就只在拉萨转悠，大昭寺、小昭寺、色拉寺、哲蚌寺、八廓街和布达拉宫，她都转遍了，却从未到过拉萨以外的藏地。

小米的身体不是很好，海拔过于高的地方，她还是有所顾虑，怕自己扛不住。这次她斗胆走阿里，也是豁出去了。也不知她哪儿来的勇气，忽然间说走就走。

5

小米和冯小青都住在锦城，她们不约而同地都不喜欢这座城市，甚至对这座城市心生厌恶和痛恨。

但小米认为，她和冯小青还是有所不同，冯小青是工作以后才开始讨厌这座城市的，而她对城市的厌恶却是从很小的时候就开始的，厌恶感几乎与生俱来。她喜欢清静，喜欢大自然，最不喜欢人多的闹哄哄的地方。而锦城却是全国人口最密集的城市。

只要是人多的地方，就会有发展，就要整顿，就要改革，而所有的发展、整顿和改革，总会对某些人群带来或多或少的影响甚至伤害。小米认为自己就是这个受害群体中的一个。

她自称自己是锦城的"漂二代"。他父亲是河北人，母亲是温州人。父亲一辈子都在锦城的各个建筑工地里打工，母亲在锦城郊外开了家小杂货店。两个人不死不活地苦撑着日子，然后在锦城郊外的一间出租房里仓促结婚，后来，在毫无准备的情况下生下了小米。还没等小米长大成人，他们便因过度劳累而丢下她一个人，相继死去。

小米说，她的父亲和母亲把一生的时间和生命都献给了这座城市，而这座冷冰冰的城市却从没给过他们丝毫温暖感，直至死的那天，仍然连一席容身之地都没有。锦城的房价每天都在疯涨，而她父母所挣的钱，永远都追不上房价。因此，他们一直就没有自己的住房，都是租郊区的廉价房居住。纵然如此，他们一家人还是常常连房租都付不出，因而总是被人驱逐，好几次，一家人被迫连夜搬家，夜宿街头。

小米说她一出生，就跟着她父母看尽世态炎凉。她父母年轻时的梦想是，有朝一日能够离开偏僻的老家，到繁华的锦城去闯荡世界，好好谋得一份事业，然后，一家子在都市里安居乐业。而如今小米的梦想，却和她父母年轻时的梦想正好相悖，她希望早日、彻底逃离这座繁华的城市，去一个偏僻无人的地方安静度日。

小米父母在锦城安居乐业的梦想终究没能实现，两个人贫困潦倒了一辈子，最后，扔下小米撒手人寰。

说起来小米比她父母要幸运，她通过努力考进医科大学，毕业后当了一名医生。要是她父母地下有知，这该是件多么令人骄傲的光宗耀祖的事。工作几年之后，她又在锦城买了一套三十平米左右的单身公寓，虽然地段偏了点，房子面积也不大，但在这座寸土寸金的城市里，也算是拥有了自己的容身之所，再也不会像她父母那样，因为交不出房租而遭人驱逐，终日担惊受怕。

其实，之前的小米对这座城市只是充满了一种厌倦和疲惫的感觉，工作之后，这种厌倦和疲惫感慢慢变成了恐惧。而让她恐惧的真正的原因是，她害怕自己每天都要去面对一群特殊的病人却又束手无策。

小米说，现在每天都有很多人因患了"尘肺病"而拥进医院。尘肺病的潜伏期是十年，或者以上。也就是说，今天查出

逃往经幡

来的病，可能在十年甚至二十年前就已经患上了，这种病平时看上去不那么严重，身体感觉不到，也没有人去做检查，但久而久之，却会形成难以治愈的病症。

最近几年，小米每天都在为这些患上尘肺病的病人洗肺。黑色的水从病人的肺里洗出来，一瓶一瓶地洗出来，一个人可能要洗掉二十多瓶。每次拿着那些灌满黑水的玻璃瓶，看着那些躺在护理床上半死不活的病人，小米就想哭。

尘肺病分为一期、二期、三期，只有一期的尘肺病人才可以洗肺，到了二期、三期，就没有办法再洗。因为肺已经糜烂了。有一个专业术语叫"肺大泡"。其实之前连小米自己也没搞清楚，肺在多次清洗之后，会变得像一块破烂的抹布那样松散，就不能再洗了。

大多数人都知道，一个人要是长期在煤矿工作，他的肺就会慢慢变黑。目前得了这种病的人，大部分来自底层。他们从事着繁重的体力劳动，工作环境恶劣。这些人干活的时候往往顾不上戴口罩和采取别的防护措施，因此，得"尘肺病"的概率就特别大。

但是，没有人知道，或者说，是没有人愿意去相信，居住在一座座高楼大厦里的人，他们的肺也在慢慢变黑。小米说，雾霾无处不在，即使那些整日躲在高楼大厦里上班的人，也会染上这种病。雾霾占领锦城已经好几十年，所有人都知道大量吸入霾对肺不好，早晚会得病，但所有人都心存侥幸，以为病魔不会这么早就降临到自己的头上。但，无情的病魔还是如约而至。

人是个很奇怪的动物。哪怕身边很多人都已经患上这种病，他们依然觉得自己不会。就像死亡天天都在发生，但没有人会愿意去相信，死亡有一天也会找上自己。

"尘肺病"是一个不可逆转的病，得了，就一定会走向死亡，只是拖的时间长一些或短一些。有的人想活命，会想着要去换个肺，换了肺就不疼了，生命就会得以延续。但是换肺的成本太高，需要五六十万，甚至上百万，一般的家庭根本承担不起。而且，好的肺源也难找。就算找到肺源换上了，也会存在排异性，弄不好，还是得死。

有一次小米又说起这些，她忽然问我："你知道尘肺病人最后都是怎么死的吗？"

我说不知道，我从没见过。

"他们都是跪着死的，因为病到最后，他们已经无法平躺，只要一躺下来，他们的肺就没办法正常呼吸，为了能够让呼吸稍微通畅一些，他们都得跪着。"

小米的声音里有一种痛楚，她虚晃晃地看着一个不确定的地方，仿佛刚从一场梦魇中醒过来。她希望她所陈述的这一切都不是真的，只是一场惊骇莫名的梦。梦醒过后，世界美好如初，一切如她所愿。

可是，她又不得不一次次地强迫自己去接受这个事实，因为它本来就是事实，这一切都不是梦，都是真的，每天都在现实生活中发生着，每天都在她的眼皮子底下发生着。而她，束手无策。

小米还透露了一些不为外部人了解的"内部消息"，她说近些年来，患上尘肺病的人越来越多，各家医院都在趁机赚钱。清洗一次肺的费用需要好几万。也有些医生为了赚取更多的钱，昧着良心故意不给病人清洗干净，让他们痛到无法呼吸的时候，再来洗一次，好继续收费。这种把病人不当人看、只当作摇钱树的医生，在医院里居然占半数以上。小米每天看在

逃往经幡

眼里，愤怒和一种无力感让她天天处于崩溃边缘。

小米说自己本来也不是个愤世嫉俗的人，但她实在看不下去，越来越对这个社会心生怀疑。她亲眼见证着医院内部出现太多昧着良心做事的人。为了牟取暴利，他们不择手段，也不讲仁义和医德。目前的尘肺病患者，有一半以上来自于社会底层，他们因为付不起昂贵的医药费而被医院拒之门外。拒绝的理由是医院的人力和医疗设备有限，他们只愿意接待那些有钱治病的人。而病人却在日益增多，他们纷纷拥向医院来求救，却惨遭拒绝，带着绝望和悲伤的神情黯然离去。人命关天，这无疑是一场灾难。

有一次，小米冲进院长室，请求院长可怜可怜那些病人，她说："救死扶伤是我们医院的职责，我们完全可以去多救几个，病床明明还有空着的。"

院长冷静地对她说："这里是自负盈亏的医院，不是慈善机构。救死扶伤是需要钱的，他们身上没钱，我拿什么去为他们救死扶伤？如果医院不赚钱，早晚会倒闭，又拿什么去养活你们这些医生和护士？"

其实，那时候的小米，已经变成了一个病人，一个"抑郁症患者"。在后来的那些日子里，她越来越不能控制自己，情绪变得日益悲愤、焦虑不安，时常深陷在痛苦的深渊里难以自拔。她害怕她身边的那些人，一个个都活得铁面无情、麻木不仁，如同行尸走肉。她害怕自己总有一天也会渐渐活成一个无情无义、行尸走肉一样的人。除了悲愤、无奈和痛苦，她的心里还伴有一种内疚和罪恶感，作为一名救死扶伤的医生，她觉得自己愧对那些求医无门、只能在死亡边缘徘徊的可怜的病人。医院对她来说，是一个深不见底的漩涡，她只想从这个漩涡中离开，逃到别处去。

她把希望寄托在唐古拉身上。因为在这个世界上，唐古拉是她唯一深爱的人，只有唐古拉才能够带着她远走高飞，去人迹罕至的地方生活。

阿里是世界上海拔最高、人口密度最低的地方，因此她在内心深处早已对这片土地充满向往。

虽然唐古拉一再表示，去阿里定居未免太不靠谱，但是去当一回旅客，还是没有问题。这次的唐古拉完全是舍命陪君子，权且陪小米走一趟。出发之前，他知道十有八九小米自己会受不了恶劣的环境而自己撤退。

6

这次开的车是唐古拉的，一辆破丰田，基本上都他自己开，实在累了就换我帮他开一会儿。一路上小米就只坐在副驾座，一动也不动。出发之后她忽然就变了个人，变得万分娇气，又弱不禁风，像个病歪歪的林黛玉，完全不像一个出门在外的旅行者。

也不知什么原因，小米要么不吭气儿，要么一开口就对唐古拉发脾气，言辞尖刻、蛮不讲理。而唐古拉却始终保持绅士风度，满脸讨好，绝不跟小米针锋相对。当然，你也可以理解成在唐古拉的心里根本没把她当回事，所以他不在乎，所以他不计较。

经过好多经幡群，只要是在路边或山口，唐古拉都会把车子靠边停好，从后车厢里拿出一条经幡亲手挂上，然后对着经幡默默祈祷。每一条经幡都写着六字真言。挂在空中的经幡被风吹动一遍，就是在念一遍六字真言。

我不知道唐古拉到底准备了多少条经幡，一路都挂不完。

逃往经幡

有一次唐古拉又在一个山口挂好经幡，带我绕着经幡堆顺时针方向转了三圈。

很冷，但我们还是坚持转完三圈。唐古拉说："我的前世可能就是一个藏人。我去过世界很多地方，蓝天、白云、美丽的天空到处可见。但总感觉西藏的云和天空和别的地方就是不同，我每次到这里，就有一种被召唤的力量。我相信我和这片土地一定有着某种感应。我说不太清楚，但我知道，它存在着。"他用大拇指指了指自己的心窝。

我想我完全可以理解唐古拉的这种心情。风从雪山上吹过来，洁白的云朵在我们头顶上空飘移，瞬息万变。感觉身边的唐古拉，仿佛变得很遥远，时而陌生，时而熟悉。有时候让人觉得他是一个简单朴素的行者，有时候又觉得他是一个变幻莫测、深不见底的人。

十多年前的某一天，唐古拉第一次来到西藏，迅速发现自己与这片雪域高原有着一种莫名的亲近感，站在这片土地上，仿佛一个游子回到了久违的家。他说他终于找到了一个可以安置自己的地方。

唐古拉说，那时的他自由自在、四处闲逛，就像一只在拉萨街头漫步的流浪狗。然后，他从拉萨出发，一路走到阿里。阿里比拉萨的海拔又要高出一千多米。一尘不染的蔚蓝的天空，伸手可摘的纯净的白云，在连绵不绝的苍茫雪山下，在一望无际的荒原中，成群结队的野驴和藏羚羊在自由奔跑，而强劲的风儿用力地抱紧孤独的他……不觉热泪盈眶，在一片舞动的经幡深处，跪地不起。

唐古拉说话时声音有点沙哑，很明显的烟嗓子。这么多年，他曾一度认为，烟是他唯一可以解忧的伴侣，陪他度过无数个孤单的日日夜夜。他一直漂在路上，居无定所很多年，但他不是因为想要从一个地方逃到另一个地方，而是，只为获取一份内心的自在的满足感，保持一个人行走在路上的无牵无挂、无欲无求的生命状态。

而安居都市生活的小米，却一心想着从自己的日子里逃出去，逃往另一个世界，继续安居。

挂完经幡，我和唐古拉回到车上，小米仍在车里枯坐，看她闷闷不乐的样子，我感觉她一定揣着满腹心事。

边境的检查站很多，一个接着一个，为了方便检查，我们把三个人的身份证、驾驶证和行驶证都集中放在车前的那个小抽屉里。每次检查，都是唐古拉拿着所有证件递给警察，摇下窗玻璃让警察核对一下就行。但是在日喀则，却需要我们每个人都下车，拿着本人的身份证去接受核查。

小米一把拉开抽屉，拿了身份证就走，这回的她下车下得比谁都快。唐古拉只找到一本驾驶证和行驶证，大声问小米："我的证你拿了吗？"

"你的我没拿。"小米头也没回。

我追上去，问小米："我的那本呢，你拿了吗？"

小米停下来，随手把我的身份证递给我。

我和小米在检查站窗口刷了身份证，然后脱帽、摘下墨镜，接受警察的询问。"你们从哪里来""到哪里去""去干什么""大概要待多久"等几句类似上帝一样的问话之后，警察就让我们回到车上。

外面风好大，又冷，感觉我们随时都会被风吹走。唐古拉还在车里，不停地在车子角落里翻啊、找啊，埋头找他丢失的身份证。

坐进副驾的小米又开始对他咆哮："你怎么还不下去，摸来摸去的到底在干什么？"

　　唐古拉一边找一边小着声说："我在找我的身份证哪，奇怪，我的身份证上次检查完后，明明跟你们的放一起的，怎么就我那本不见了呢？"

　　小米一下跳起来："原来你是在找身份证？你的身份证在我手里啊，为什么就不问我要，只顾着自己找找找——！"她晃了晃手中的身份证。

　　"可是你刚刚下车的时候，我明明听到你说，我的你没拿。"唐古拉依然耐着性子。

　　而小米却变本加厉，直接吼了起来："我说过这句话吗？我这么说过吗？你哪只耳朵听见了？你有病吧你！"

　　"你真说了，不过没事儿，给我，我现在就去。"唐古拉仍旧低声下气，态度温和。

　　我也笑着说了句："小米，你真说了，我也听到了。"

　　我们都想息事宁人，接受完检查早点走。奇怪的是，为这么件小事，小米却火山喷发一样，脾气大得吓人。人家是得理不饶人，她倒好，不得理也不饶人，死活让唐古拉承认，是他听错了，她压根儿就没说。

　　唐古拉没办法，只得堆着笑，春风化雨般向小米承认："好好好，可能是我听错了，你别生气啊，都是我不好。"

　　"还可能，就是你听错了，脑子有病！"

　　大火熄灭了，但火星子还没完，仍在逼仄的空间里四处飞溅。

　　事实证明，情侣间的吵架，根本没有谁对谁错。赢的永远是有气势、蛮不讲理的那一方。

　　我看着唐古拉走出检查站的大门，迎着剧烈的风弯腰朝我们跑过来。心想，这真是一个好男人。

　　他让我想起《圣经》里的一句话："爱就是恒久忍耐……"

长途旅行总是充满辛劳和乏味，在赶路的过程中，如果没有一个好心情和好心态，那么，路上的风景再美、再奇特，你也未必就能够体会到更多的乐趣。小米的恶劣情绪严重影响了我们一车人，途中的美景我们都没有心情停下车来好好欣赏。

在天地玄黄、宇宙洪荒之间，唐古拉只顾着埋头猛踩油门。速度太快，眼前的风景犹如千帆驶过，来不及细细咀嚼，就被新的视觉冲击、取代。又仿如一颗子弹破空而过，来不及用肉眼欣赏，便无情地射向这片古老土地的腹地。仓促、粗暴、目不暇接，连惊喜与感叹都来不及。

7

天黑之前，我们就到了塔钦。比我们预料的时间还要早两小时。

村庄小而宁静，抬头便可看见冈仁波齐神山，神山上白雪皑皑。对面是喜马拉雅山脉，连绵不绝、生生不息。我们置身其中，仿佛置身遥远的仙境。

下了车之后的小米一反常态，居然不顾一切地欢呼起来，喜极而泣：

"我喜欢这里，唐古拉，我好喜欢这里，这就是我做梦都向往的地方。你一定要答应我，陪我在这里度过我的余生，好不好？"

小米貌似在向唐古拉撒娇，但听得出来，她的每一句话都带着孩子式的命令，是要唐古拉必须去照办的。就像一个被大人溺爱惯了的孩子，在对自己的父母撒娇和讨宠。

"好，我答应你，只要你喜欢。"唐古拉极力配合的语气也

逃往经幡

像是一个父辈在满心欢喜地宠自己的孩子。虽然他知道这事儿并没有可能性，但他不会去当场违背孩子即兴冒出来的愿望。

小米的脸上浮现出孩童般胜利、欣慰又得意的笑容，完全沉浸在对美好未来的陶醉和向往之中。

真替小米感到幸福。能够遇上唐古拉这样的男人，爱她、宠她、纵容她，多么不容易。都说女人遇上真正爱她、疼她的男人，自己就会变回一个孩子。估计小米的坏脾气和蛮不讲理，多半也是被唐古拉给宠出来的。

我们在村子里转了一圈，几乎所有的店铺和客栈都关门了。好不容易找到一家客栈，正在忙着整理的是个藏族小伙子。他说他们的客栈已经不对外营业了，这边只要到了冬天就没有游客，老板已经回老家去了，留下他一个人在这里打扫、整理，再过两天他也要回老家去猫冬。

再过两天他才走。房间反正都空着，应该还可以收留我们两晚，我们愿意额外多给他一些钱。我们和那藏族小伙子商量，他想了想，同意了。

房间非常简陋，被褥都被收起来了，只剩下黑乎乎的床板。藏族小伙子帮我们找来被褥铺上。房间里除了木板床，还有一张破旧的木桌子，四周都起了壳，连个凳子、椅子都没有。人往床上一坐，会发出吱嘎吱嘎的响声，感觉床板随时会断。房间里没有洗浴设备，要洗漱就得走出去，有一个专门的洗浴室。

藏族小伙子叮嘱我们，这么冷的天，最好不要洗澡，伤元气，也容易冻着，在这种地方，万一感冒会很危险。

不洗澡可以，但总不能不上洗手间吧？

关起门，忽然感觉我的房间少了些什么。环顾四周，原来是没有窗，我的屋子里居然没有窗。门一锁上，我就在一个密封的空间里待着，我要在这个没有窗的屋子待到天亮，莫名地有点害怕。

屋里太闷，趁着天还没有黑尽，我出去走路。我把自己裹得严严实实的，走到外面，风倒不大，但还是很冷。稍微走几步，就会大口喘气，只能停下来休息一下，毕竟在接近五千米海拔的高原，感觉自己像个小心翼翼的影子。

是的，我是我自己的影子。整个人都在空气中虚飘飘、晃悠悠，就像一阵偶然吹过的难以捕捉的风。

这是我第三次还是第四次到达塔钦？我一边走着，一边开始搜索我的记忆库。

第一次来这里，应该是在十几年前，那时的塔钦还是一座简朴的小村庄，没几户人家，但它却是朝圣者们进出神山的必经之地，也是转山的起点和终点。因此，每年的七月到九月，总有转山的圣徒和游客经过这里。

记忆里，从前的塔钦有一条溪流绕过村子，流向不远处的玛旁雍错圣湖。没有商店，没有旅舍，也没有像样点的茶馆，连日用品也买不到。那时还没有客栈，我在牧民的帐篷里住过几天。

要是醒得早，掀开帐篷门帘，在白雾笼罩、水汽如烟的草原上，偶尔会出现一两只狼。它们看上去并不凶狠，也不对人虎视眈眈，可能它们并不想真的吃人。你只要不去攻击它们，它们默默地与你对视一会儿，便会拖着尾巴悄然离开。在这人迹罕至、生命绝迹的地方，或许，狼也是懂得的，生命与生命之间，原本就应该惺惺相惜，而不是彼此厮杀和消灭。

我想狼在这种蛮荒之地活着，一定也很孤独。

最多的还是野狗。在藏地，到处都可见成群结队的流浪狗。感觉只要有村庄、有人的地方，都会有。它们从来不怕

逃往经幡

人。因为这里的人都不会去驱赶它们、嫌弃它们。所有的人都
接纳它们，就像接纳蓝天白云，接纳雪山湖泊，它们是自然生
长在天地与生活中的一部分。

　　十年之后的九月，我第二次到达塔钦。正是转山旺季。世
界各地的圣徒和前来冒险的旅行者都集中在此。村庄早已失去
昔日的宁静，我曾经住过的人家和帐篷也不知去向。到处都是
钢筋混凝土的建筑物，有商铺、药店、水果摊、旅馆、饭店，
还有各种小型的娱乐场，几乎什么都有，它已变成一座被商业
气息包裹的热闹的小村庄。至少在适宜转山的季节里，它是热
闹的，甚至是沸腾的。想来也是奇怪，不知从哪儿冒出来那么
多人，带着各种神的旨意和内心的愿望纷至沓来，让这座本来
宁静安详的小村庄陷入一场空前深刻的变化和考验之中。

　　但除了转山旺季，塔钦仍然是寂静的。比如此刻，村子里
静得像没有一个人，没有一个动物，仿佛没有任何生命的迹
象。连满地乱跑的流浪狗都没见着一只。忽然奇怪起来，那些
流浪狗呢，它们去哪儿了？它们本来在这里就像神一样地存
在着，无处不在，无处不见，为何忽然集体消失？

　　不知不觉走到村口，村口也是神山的入口处。记得那年转
山，也是经过这里，看见一大堆流浪狗睡在地上晒太阳，它们
抱团取暖的场景让我感动，便摁下快门，那张照片至今我还保
存着，但流浪狗却已不见踪影。虽然它们的存在与消失都不会
影响我的行程，与我并无任何关联，我并不想念它们。但它们
突然消失，而且是集体消失，不得不令人心生疑惑。就如同自
古以来就存在的雪山、湖泊和村庄，当你再次经过时，却发现
它们突然消失了，你一样会感到疑惑，会有一种强烈的想去探
究的冲动。

　　我朝着塔钦走去，我说的"塔钦"，是指神山入口处那根

长长的木杆子，它和这座村庄的名字一样，也叫"塔钦"。这个叫塔钦的长木杆，由六段五米长的松木衔接而成，裹上厚厚的牦牛毛，再用五彩经幡里三层外三层地紧密包裹。据当地人说，包裹这样一根塔钦，需要用掉十九头牦牛的毛。牦牛毛由信徒们捐献。经幡和牦牛毛保护着塔钦不受风霜雨雪的侵蚀，同时，也有向神山献牲的意味。

有一次，撞见当地人在"竖塔钦"。"竖塔钦"的仪式非常隆重。众多的喇嘛和信徒聚集在一起，由活佛领诵经文祈祷。祈祷的主要内容是：愿世界和平，众生吉祥……

我眼前的塔钦拔地而起，像刺向天空的长矛。我仰起头看着，天空灰暗，塔钦绚烂无比，看久了，有点目眩神迷。塔钦的旁边，有一堆经幡群，在暧昧的光影下魅影般舞动。

8

忽然看见一个人，无端端心里一紧。再仔细看，是唐古拉。他跪伏在经幡前，一动不动，估计又挂上了一条经幡。他在祈祷，不，不是祈祷的声音，我好像听见有人在风里哭泣，但是，除了唐古拉，四顾无人，难道是唐古拉在哭？风紧一阵，慢一阵，我没有朝唐古拉走过去，我怕惊扰到他。

我转身回去，唐古拉却在身后追上来，问我："你怎么一个人跑出来了？不怕？"

"怕什么，你不也一个人？"

"我是男人，你不一样。"

"小米呢？"

"她高反了，刚吸了氧气，躺床上休息。"唐古拉的声音低沉下去，有点难过，"我跑出来帮她挂了条经幡，希望她快点

逃往经幡

熬过去。"

"应该没事，这里海拔已经近五千了，一般人都会高反。吸点氧熬到明天就好了。"

"你不是一般人。"唐古拉表示很奇怪，"在这么高的地方，你竟然一点感觉也没有，还敢一个人跑出来逛。"

"你怎知道我没有感觉?"

"你有吗?"

"没有吗?"

我们同时大笑。

唐古拉说："要是小米也像你这么健康、开朗就好了，我喜欢阳光一样的女人，自带能量和气场，让人舒心，自己也舒心。"

"小米有小米的气场。"

"其实，我想说的是，小米有抑郁症，而且越来越严重了，我挺担心的，但我不知该怎么办?"

"我也有点感觉到了，好好照顾她吧。"

"可是，我一无所有，连自己都照顾不了，我拿什么去照顾好她呢?"唐古拉自嘲地笑了笑，一脚踢飞一块小石子，小石子像一颗不会发光的星星，在半空中划出一道模糊的弧线，瞬间消失在前方。前方是一片无尽的虚无的荒原，像尚未开启的噩梦的深渊。身边的经幡在舞动，仿佛许多灵魂聚集在黑夜里窃窃私语、暗自叹息。

唐古拉的头发快齐肩了，他应该好久都没进理发店去了，就像一位来自远古时代的江湖侠客。他那么喜欢行走，几乎把所有的时间和精力都贡献给了未知的旅途，享受行走所带来的疲惫和大自然给予他的无私馈赠。每次看着他的背影，我就会想起马、斗笠和斜挎在他身上的粗布包裹，要是能够着一袭飘逸的古长衫，再在腰上佩一把长剑，就更风流潇洒了。他真不应该生在这个时代，他与这个时代格格不入。他也不适合开车。车子这种工具对于他来说太现代，太没有个性。他应该去骑马，在广阔的草原或沙漠或无人的星空下策马而过，绝尘而来又绝尘而去。他也不适合去爱，不适合被人爱，他最适合做一个冷面无私的侠士，始终保持一个人。"不知为何，我每次看见舞动的经幡，总有一种想要逃走、想大哭一场的感觉。"唐古拉说。

我不知道怎么回他，此时此刻我并不想继续和他站在这里深聊关于命运、关于灵魂如风等诸如此类的话题，过于虚无。

我抬头看着夜空，月亮已升至神山顶上，星星也开始渐渐闪耀起来。

风突然变大，仿佛要把人刮上月球。唐古拉没系围巾，也没戴帽子，他的长发被风吹得四面乱舞，看起来像个面目狰狞的怪兽。

我用厚厚的围巾再次裹紧头部和脖子。就在这个瞬间，我忽然感觉到右前方有个东西出现，一团黑影飘移而过，我迅速看过去，除了舞动的经幡和深不可测的黑暗，什么也没看见。但我知道，它就从这里经过，我明明看见了它，虽然我不知道"它"是什么。我并没有害怕，也没有担心会有事儿发生，凭直觉判断"它"是从神山上下来的某种生灵。"它"就这样出现在我的视线里，如同流星在我头顶划过，稍纵即逝。我相信所有的一切都存在着，所有的一切也都并不存在。大地承受着一切，也消化着一切。世界静谧如初。

我不再去想"它"的存在与消逝。默默地看了会儿星空。星星挤着星星，密密麻麻。银河系如雪花纷纷，感觉就要纷纷扬扬飘落而下。风实在太大，哪怕我把自己包裹得严严实实，身体还是不由自主地冻得发抖，尤其是手指和脚趾，又痛又麻，感觉它们快要被冻得断离我的身体而去了。从雪山上刮过来的强劲的风，不断刺激着我的泪腺，吹得我满脸是泪，仿佛在逼着人大哭。脸部肌肉变得僵硬并隐隐作痛。鼻涕也冻出来了。

"赶紧回吧，太冷。"我说。

"再坚持一会儿，还没到星星最多、最亮的时刻呢。"

可是我不能坚持了，恐怕还没等到星星最亮的时刻，自己已经冻成个冰人，为了活命，撤离。

9

回到房间，我又感觉自己被关在一个密封罐里。准备洗漱，屋里没有洗手间。只得顶着大风去洗浴室。用完洗手间，没有自来水可以冲洗，才想起整个阿里地区的自来水管早在入冬前就已经关闭，不然水管会被冻裂。好在地上备有几桶水，真得感谢那个藏族小伙子，不知道这些水，是不是他去圣湖里打来的。如果是，我喝的、洗的、冲马桶的可都是世界上最神圣的圣水。

洗浴间里的灯光过于昏暗，出门前忘戴近视镜，看什么都像罩了一层薄雾。门坏了，怎么也关不实，被风吹得嘎吱嘎吱响，总感觉有人要推门进来，让人担惊受怕的，不敢在这里冲澡。提了半桶水回屋，用自己带来的电炉烧了一壶水。默默等它烧开，一半倒进保温杯，一半倒进脸盆……

隔壁忽然一声巨响，好像是谁在摔东西。我很不愿意听到隔壁的动静，但仍然不由自主地竖起耳朵，听到唐古拉不断地在哄慰着小米，而小米又不知为什么事儿在大哭大闹。

我真想隔着墙壁告诉小米，在高海拔的地方，千万不可动怒生气，不然只会消耗掉自己的元气和体力，产生更严重的高反症状。可是，我没有出声。想着唐古拉就在她身边，在高原生存的经验他应该比我知道得多。

刚洗漱完，冯小青的电话又来了。

她说："你们到哪儿了，一路都还顺利吧？"

我向她汇报："一切都还顺利，已经平安到达神山脚下了。"

"太棒了，晚上的星星好看吧？"

"好看。"

"真羡慕你们，苦命的我飞回来就直奔单位，到现在还没能回家。"

"别太辛苦，早点回吧。"

"回不了啊，明天一早要见报，要连夜赶稿。明天才可以睡一觉。"

"真是个工作狂，把自己当机器了。"

"我已烦透了这种日子，好不容易请个假逃出去几天又被召回来，每天累得像条狗，连去看下孩子的时间都没有。"

"多注意休息，抽点时间去看看娇娇。"

"我也想啊，可是我真的没有办法，哪像你，自由自在，把日子过得这么舒服……"

我忽然有些烦躁，只想尽快把电话挂掉。每次她心情不好就会打电话来抱怨和诉苦。

我要是对她说："既然这份工作这么让你不愉快，天天都身心俱疲的，那不如辞了吧。"

她立即会回我一句："那我靠什么过日子，你说谁来养活我？"

如果我说："要不然就换个工作，去干点别的事儿。"

她一定又会反问我："你说我还能去干什么？大学毕业进报社，直到今天，我就没干过任何别的事儿，我不知道在这个世界上，除了继续在报社里混着，还能有什么工作是适合我的。"

如果我劝她："好好工作，别想太多了，待在报社其实也不错的。至少有一份固定的工资可以拿。"

她立即就会朝我喷火："你没见我天天忙得像一台机器、过着生不如死的日子吗？你要是觉得报社不错，那你来试试看，你来待过就知道了，这里根本不是人待的地方，我敢保证，要换成是你，熬不到三天就得跑路。"

这些年来，在我和冯小青之间，类似的对话内容，已经发生过无数遍。在今晚，我已不想重蹈覆辙。不断重复的话题和内容，已让我觉得无聊至极，越说越没有意思。

10

冯小青是我多年的闺蜜。认识她时，她就在报社天天忙得团团转，完全顾不到家庭生活。

有一天，她老公忍无可忍，绝望地抛下她和刚满四岁的女儿，一个人漂洋过海去了另外一个国家发展。冯小青打她老公电话，她老公没接，后来通过微信发给她一条长长的信息，他这样对她说：

请你不要再来毁我了。我此生最大的不幸就是娶了你。我不想让你继续毁下去，我会再去找一个真心爱我的女人，好好陪伴我过完下半辈子。如果在将来你也找到了另一半，我希望你别再整天把自己当成一个机器，尽量留点时间给你的家里人。娇娇都四岁了，从她满月那天起，你就把她扔给你妈带，忙到喂奶的时间都没有，直接让她喝奶粉长大。你拒绝为她喂奶，这件事也就算了，居然去看她的时间都极少。你妈家到我家也就一个多小时的路程，你每天忙到半夜回家，我天天都在为你担惊受怕，一遍遍劝你要注意休息，不为你自己，也得为我们家人想想。我只想告诉你，一个人做事情真的不用这么拼，拿命去拼到底有多大意义呢？前阵子又有一个报社的编辑过劳死在办公室，据说才三十多岁，和你的年龄也相仿。这种机器人的生活，你不害怕我想着都恐惧。我真的害怕哪一天你突然就变成了那个突然间走掉的编辑，而娇娇都还没怎么认识你。人家的孩子十几个月就会叫爸爸、妈妈了，我们娇娇四岁了，还不会开口叫我们一声，难道是我家孩子比别人家的笨吗？我希望你还是好好反省一下吧，我也希望我的离开，多少能够唤醒你。祝你幸福！

收到这条微信，冯小青说，她的心就像被针扎了一下，又扎了一下，一种强烈而持续的刺痛让她痛到哭不出来。

那天的冯小青又问我："接下来我该怎么办？"

面对这突如其来的变故，我也有点措手不及，不知道如何去劝她。看着痛失爱人陷入无助迷茫中的冯小青，我的心也在痛着，但我无能为力。

看着冯小青失魂落魄、心如死灰的模样，我忽然很害怕她会一时想不开，做出什么傻事来。

我小心翼翼地对她说："要不，你去看看心理医生，去找

逃往经幡

他们聊一聊，也许，他们会给你一些好的建议，帮助你尽快摆脱痛苦和困扰。"

冯小青的情绪忽然就激动起来，朝我喊道："我没病！我哪有什么病？你是我闺蜜，我们都交往这么多年了，难道我是个什么样的人你还不清楚吗？我是真心爱着他的，我也爱我女儿，我的心里装的全都是他们两个。我确实忙得没时间顾家，我连好好吃顿饭的时间都没有。但是我不工作怎么办？难道让我辞职吗？你想想，如果我真辞了，就靠他那点儿工资这日子还怎么过得下去？再说了，我要是真辞了职，宅在家里专心带孩子、为他洗衣服、做饭、搞卫生……他妈的他真的就不会离开我了吗？你想想，你再为我想一想，我那么拼命工作赚钱，不也想让家里的日子过得好一点吗？难道他心里会不知道？我知道，这肯定不是他离开我的主要原因。他不是一个冷酷无情的人，他一定是有别的女人了，才会中了邪似的睁眼说瞎话，找出这么个荒唐的理由把责任全部推给我一个人，而他自己就这么拍拍屁股和那个女人远走高飞了。他居然狠得下这个心。你说，他怎么就做得出来？这种绝情绝义的事儿，我连想都想不到，他就这么不动声色地做到了。我想他在心里早就有这个预谋，只是，一直瞒着我，把我当傻瓜……"

随着一通控诉，我想冯小青把她满肚子的毒素也逼出来不少，应该会痛快一些。

我走过去抱住她："哭吧，哭出来就好了。"

每天忙于工作的冯小青，没时间打理头发，也没时间化妆和保养。为了节省时间和精力，她的头发越剪越短，逛商场买衣服的时间也被工作占满，穿来穿去就那几件。她才三十多岁，就变得这么不修边幅，脸上的皮肤提前粗糙老化，发间布满白发。想来真是心酸。一个人活在这个世界上，真的需要这么拼吗？如果不那么拼命，稍稍善待自己一些，多留点时间给家人和自己，真就这么难吗？

有时候，我会站在冯小青老公的立场上去想这个问题，作为一个男人，他会喜欢什么样的女人呢？我对她老公并不熟，只知道他在一家外贸公司上班，谋着一份饿不死也撑不着的工作。在他们的婚礼上见过他一面，当时只感觉他长得还挺帅气，个子很高，他过来向我们几个姐妹敬酒，我隐约闻到他身上的香水味，而我和冯小青认识这么多年，从没见她买过一瓶香水。冯小青平时很少说起她的老公。但当她彻底失去他之后，才幡然醒悟，她说她的老公其实是个多么自私自利的人，哪怕生活再艰辛也会懂得照顾好自己，他是个在任何情况下都不愿去亏待自己的男人。

差不多用了一年时间，冯小青慢慢把自己调整过来。虽然，她的工作依然很忙，但她再忙也会挤出时间来每周去看一下娇娇，偶尔也会跑出来找我们喝杯咖啡或茶，虽然坐在咖啡馆的时间里，她也总在忙着工作，一边坐在电脑前敲打着次日就要发表的采访稿，一边和我们有一搭没一搭地闲聊。

这次正好请到了年休假，她算是豁出去了，本来可以圆自己一个西藏梦，哪知到拉萨当天就被召回去，实在也是无语。

我已毫无情绪，心里涌起一阵无着无落的虚无，只想挂断电话，一个人好好静静。隔壁又响起一阵乱摔东西的声音。

冯小青好像听到了，她追着我问："什么声音亲爱的？你那边没问题吗？"

"我没问题，你早点休息。"

"苦命的我哪有时间休息？我还要写稿呢。小米和唐古拉怎样，他们都好吧？"

"都好。"

"你好像不太开心？有人在摔东西，好像在吵架？你们真的没事吗?"

"没事亲爱的，小米高反了，可能情绪不好。"

"啊，小米高反了？她还有什么情绪不好的，唐古拉对她这么好，她还不知足？我还不知道高反是个什么症状呢，听起来挺酷的，下次有机会我也想去体验体验。"

"高反是人在严重缺氧下的一种症状，很难受，你还认为酷，也真是服了你了。"

"那也好过我没日没夜加班、加班加到生不如死，真想立马辞了工作，飞去阿里，和你们相聚才好……"

我没再接冯小青的话，我知道她不会这么做，她不是这种人。这世界上总有那么一些人，对自己的生活永远不满意，永远都在抱怨，永远都在控诉，永远都难以割舍，也永远都在努力着……总之，自己拥有的都不好，别人经历的都是好的，哪怕人家正在经受高反折磨，那也是一件酷事儿。

都说性格决定命运。冯小青的命运捏在她自己的手心里，我不想掺和其中。冯小青说："亲爱的等着啊，等我把手头工作忙完我就飞过去。"

我打了个哈欠，说我困了，想睡觉。无穷无尽的疲乏和倦意不请自来，缺氧的夜晚也让我变得昏昏欲睡，整个人提不起劲儿，只想快点睡过去。

"那你早点休息，晚安。"

终于，晚安了。

可是，晚安之后的我，却一直醒在黑暗中，翻来覆去睡不着。重重的困意绑架了我，让我动弹不得，没有一点力气，但大脑却始终清醒，并率领着我的肉身不得入睡，就那样半死不活地躺在床上。房间里没有空调，也没有暖气，好在有一床电热毯，还可以让我活下去。可是，零点过后，电就没有了。

隔壁房间的那两个人，也还没有睡着，时不时有说话和下床走动的声音传过来。估计小米的高反症状并没有缓解，她的脸上一直要套着个氧气面罩，想必也是会睡不好觉的。

醒不得、睡不得，直至凌晨时分，才昏睡了过去。缺氧状态下的睡眠都不会太沉，意识游离，身体和大脑仍然没有得到充分休息，其实和醒着也差不了多少。

11

听见敲门声，是唐古拉在喊我，我心里一惊，一大早来敲门，不知道发生了什么事。

打开门，看见唐古拉黑着眼圈，站在巨大的风里冻得瑟瑟发抖。只过了一夜，他看起来好像瘦了整整一圈。我想他可能是整夜都没睡。

唐古拉并没有进屋的意思，我便也没邀他进屋。我们就这样门里门外地站着。他的声音在寒风里颤抖不已："我没想到小米的身体完全不能适应这里，我们商量了一夜，还是决定离开。"

"去哪儿？"我还没完全清醒过来。

"去新疆。"

"为什么是新疆？"

"新疆海拔低，地方大，人又少，小米喜欢，反正她死活不肯回锦城，说她这辈子都不要回去。"

"她还真不打算回锦城了？"

"她心意已决。"

"噢，那就这样吧。"

　　唐古拉扫了我一眼，又迅速望向别处，低沉着声音说："我很惭愧，把你带到这儿，却又扔下你一个人，真不知说些什么好。"

　　"什么也不用说，多保重!"

　　"保重——!"

第二章：逃往经幡

1

天灰蒙蒙的，塔钦还处于一片混沌中，等待着破晓，等待着阳光普照。冷空气灌进来，满屋子都是清寒。

我关上门，脑袋重重的，睡是睡不回去了，不如起来洗漱，整理行李。

塑料桶里的水冻了一夜，冰冷到刺骨。赶紧用电炉子烧水。不知道下一步去哪儿，去哪儿找车？这儿有车吗？无论如何，总得先想办法离开此地。

一个人一筹莫展，出着神，听见门外唐古拉和小米的声音。

我想我是否应该走出去，和他们打个招呼，或者，去送送他们。

——但，迅速灭了这个念头。

人家想方设法扔掉你，你还死乞白赖贴上去？

简单地洗漱完，默默收拾行李。

怔愣了好一会儿。真的不知道该去哪儿，以及去哪儿找车。但又想着天无绝人之路，总不至于被困在神山脚下过冬，总得想办法走出去。

我迅速给自己制订了一份新的行走计划：首先，我要走到札达去。我知道札达有家土林酒店。整个阿里地区，只有那家酒店才整天都有电，有水，还有网络和信号。那家酒店还离古格很近，如果能在札达休整一天，我想我至少可以重返古格，然后，再找车去我此行的终极目标"穹隆银城"。

我以为只要我花点时间和精力，在村子里总能够找得到车。事实上这里的蛮荒和落后，完全超乎我想象，几乎问遍每一家，都说没有车，有的牧民甚至听不懂我在说什么。

回到客栈，那藏族小伙子知道我一个人去找车了，好奇又忧郁地看着我，他说："现在这个时候哪还会有车，哪怕在旺季的时候，这里也租不到车子，所有的车子都是从外面开进来的，现在都返回去了，连这里的客栈和店铺都关门了，哪还会有租车的?"

那个藏族小伙子也准备好了行李，要返回老家去过冬了，他的老家在底雅。底雅属于札达县，在中印边界，据说，那里生产好多瓜果蔬菜，是阿里地区的小江南。

就像在听一个童话故事。之前我对这个地名闻所未闻，也从不知道处于青藏高原北部和羌塘高原核心地带的蛮荒之地，竟秘境一样存着一个叫"底雅"的地方，它居然会从土里生长出花草树木，结出诱人的瓜果。

最后，小伙子用并不熟练的汉语对我说："如果你真没地方去，可以跟我去底雅。但那边很快就要下雪，一旦下了雪，就会封山，路也会被封。整个冬天山上看不见一条路，要等到春天，雪融化了才可以走出来。我今天就得赶回底雅去，过不了几天估计就该下雪了，我要在下雪之前赶回去。"

"祝你一路顺风。"

和小伙子告别的瞬间，貌似洒脱又轻松，大步流星地离开，仿佛走得坚定不移、走得云淡风轻。转身之际，却忽觉有些悲壮，胸中涌起一些说不清、道不明的伤感，仿佛出现于电影里的镜头，壮士一去兮不复返……

逃往经幡

2

我一口气走出村子，走向大路。

我相信有路的地方，就一定会有人，也会有车经过。

"如果没有人，也没有车，怎么办？"有个声音在我体内响起，我知道那是充满恐惧又无助的我。

"不可能没有车，再耐心等会儿，车就来了。"充满勇敢和无畏的那个我，不断地跳出来鼓励自己，"不要灰心，天无绝人之路。"

果然，有一辆车朝我轰隆隆地开过来，是一辆大货车。我有些失望，但，有车总比没有好。

我犹豫了一下，还是伸手拦下它。

"干什么？"司机一个急刹，探出头问我，声音里充满焦躁和不耐烦。

我说："能带我去札达吗？"

"不去。"他朝我一挥手，油门一踩，绝尘而去。

尘土飞扬，我朝路旁退出几步。但，这里的天是干净的，空气也是干净的，等车子远去，飞尘渐渐消失，大地复归宁静。

太阳升起来了，强烈的紫外线射在我脸上，皮肤紧绷绷的，有点生疼。想起早上过于仓促，忘了涂抹防晒霜。我有点六神无主，陷入一种不知从哪里来，也不知要往哪里去的迷茫。

回首望向冈仁波齐神山，神山如庙宇，又如庄严的皇冠，在天际若隐若现。神秘的旗云笼罩着山顶，云雾缭绕，又深不可测。要不是冬天太冷，怕在山上下雪被困，我想我一定会再去转一转神山。

我听一位虔诚的佛教徒曾经说过，我们每个人身上都跟着自己的护法神，我们要在内心充满"相信"。"相信"在很多时候，本身就是一种能量，一种来自冥冥中的暗示，何况在这片到处都有神灵存在的圣地，冈仁波齐神山又是宇宙的中心，是神灵居住的地方。我对着神山拜了拜，我相信神会护佑我一路平安。

　　站在路边，等了好久。还是没有车，连个人影都没有。

　　与其站在路边傻等，不如去玛旁雍错走走，反正眼前一马平川、无遮无拦，只要有车过来，一眼就能望见。心里想着，走到圣湖边，说不定还能遇上好运气。

　　玛旁雍错圣湖就在冈仁波齐神山脚下，步行过去也就半小时。强烈的大太阳照耀着湖面，也照耀着我的脸。湖面波光粼粼，像一块巨大的蓝宝石，在天空下散发出耀眼的光芒。

　　风好大。我戴上墨镜，像一个偶然流浪至此的盲目的灵魂，又像一个被赐予了神奇的魔力突然降临圣湖的仙女。是的，当我一个人走在圣湖边的时候，忽然便获得了一种飘飘欲仙、唯我独尊的奇妙的感觉。

　　玛旁雍错，人称世界最圣洁的尽善尽美之湖。而圣徒们认为，是胜乐大尊赐予人间的甘露，湖水即圣水，可以清洗一切烦恼和一切孽障。佛教徒都把这里奉为世界中心，是真正的天堂，也是众神的香格里拉，万物的极乐世界。

　　古象雄佛法雍仲苯教《象雄大藏经·俱舍论》中所记载的"四大江水之源"，指的就是圣湖之母玛旁雍错，四大江水分别为：马泉河、孔雀河、象泉河、狮泉河。藏语里的"玛旁"，就是不败、战无不胜的意思。"玛旁雍错"即是不可战胜的碧玉之湖，它的湖面海拔在四千六百米。

　　紧邻玛旁雍错边上的湖叫"拉昂错"。

逃往经幡

拉昂错的湖水微咸，不能饮用，湖岸周围植物稀少。传说人在拉昂错边上走，会遇到一些不吉利的征兆。因此，拉昂错被当地人扣上了一个"鬼湖"的恶名，被打入另册。

"鬼湖"在藏语里，意为"有毒的黑湖"。

其实，圣湖与鬼湖原本为同一个湖。由于气候的不断变化，湖泊退缩、水面下降，最后才导致一条狭长的小山丘把它俩分开，但仍有一道河槽连接着两湖。据说在普兰的吉乌村，就能看到连接两湖的细长而曲折的河道。

同样一个湖，一分为二之后，人们对一边的"玛旁雍错"顶礼膜拜，把它奉为圣湖，而对另一边的"拉昂错"却一直冷落，还以"鬼湖"的臭名相称。

主要的原因，可能源于它的一个传言："拉昂错"是罗刹王的主要聚集地，在古印度《罗摩衍那》里有记载，诱拐美女斯达的九头罗刹王就住在这里……

然而，传言毕竟是传言，无可考证。假如湖有灵性，那么，想必鬼湖也会有委屈、会有情绪波动，因此，它经常无风三尺浪，说变脸就变脸。在好端端的艳阳天，它会突然乌云密布、雷声大作，叫人在大白天里也看不见山水的形状，四处皆暗无天日。而在圣湖那边，却仍是碧空晴天，让人惊叹莫名。

当然，你也可以用天象学去解释。

比如夏天的时候，在我们巫气深深的江南，也会发生身前烈日当头，身后却被一场雷阵雨追的事情。

在这个世界上，风云变幻不可测，人心亦不可测。除了人心和风云，别的事物也有不可以被测量的。一九〇六年，瑞典有位地理学家，在测量完"玛旁雍错"的水深之后，曾试图测量"拉昂错"的深度，却无果而终。"拉昂错"的深度，就如不可测的风云和人心，至今仍然是一个没人能解开的谜。

我每次都会想，圣湖和鬼湖，就如一个人的两面，一面住着天使，一面住着魔鬼。正邪相生，平静永恒。鬼湖迷离诡异，圣湖博大宏阔。无论你漫步在哪一座湖边，都会生出一种苍天悠悠、大地空旷之感，仿佛徘徊在宇宙的边缘，不知道归途何处，何处是尽头。我欲乘风归去，却又无处可去。无助、孤独、莫名的恐惧与焦虑，一直都在，只是，不愿去深想。就像明知脚后跟来了只猛虎，却仍然强装淡定，不敢停下来，更不敢撒开腿逃跑。因为，逃无可逃。你逃得越快，后面追得更猛。

"所有的安排都是最好的安排。"我相信此时此刻，我的护法神就站在我的肩膀上，它一直在陪伴着我，守护着我。

心理学家也这么告诉我们，人的潜意识和心理暗示是十分强大的，只要你输入正确的指令和程序，它就会听从你的指令而工作。

我吸满一口气，忽然想大声歌唱，却只是对着旷野空喊一声。我听见自己的声音在风里撒野，犹如空谷回音，绵长又悠远，在空旷无垠中穿越而过，久久回响。我希望能被他者听见，无论是人，还是神。

世界荒芜。没有人，也没有神。有神我也看不见。倒是惊起远处的一只小鹿。它朝我这边惊慌失措地张望，然后，朝着旷野深处飞速奔跑。

都说，遇见鹿会有好运。鹿在人们心中被喻为吉祥之物。不知道鹿是怎么想的。它们也会把我们人当成吉祥之物吗？

肯定不会。我沮丧地认为。不然，那只鹿看见我不会掉头就跑。掉头就跑只能说明一个真相，那就是它们怕人。所有的动物都怕人，视我们人类为敌。哪怕在这块人迹罕至的蛮荒之地，鹿也没有放下对人的恐惧和警惕心，或者说，是人从没有放下过对它们的残杀和占有之心。

真相无相，虚空不空。紫外线越来越强烈，风也越来越大。巨大的风嘶吼着，它们从湖中刮过来，从旷野中刮过来，从雪山顶上飘过来，也从我心底深处冒出来。太阳炙烤着我，我穿着厚厚的冲锋衣，这种衣服适合在户外行动，有防水、防风功能，但我仍然感觉到冷，有一种触手可及的实实在在的虚空，它们和密集的风汇集、交融，并交头接耳。

我在风中的喘息，犹如雷鸣，呼吸变得困难。刮大风的天气会更加降低本已稀薄的氧气，供氧不足的脑细胞让我的反应变得迟钝和缓慢，身体的每个部位和心性在这里开始经受极端的考验。

为何非要来此接受此种考验？我忽然问自己。

没有人给我答案。

只有呜咽作响的风，在我身边经过。我向着旷野深处走去。我经过的地方，海拔将近五千米，人类居住的地方都应该在这个高度之下。拉萨海拔三千六百五十米，锦城海拔三十米，而我的家乡甚至只有三米左右。好吧，此时此刻的我，已然站在最高处。仅凭海拔而论，我已击败了地球上百分之九十九的人类。只有极少数的高山动物和植物，可以在这里顽强生存。

毕竟，我还活着。至少到目前为止，我还活得好好的，看上去和那些极少数的高山动物一样，顶风冒雪、顽强又勇敢。而我此刻的灵魂，却低到了尘埃里，我无比清晰地看见自己的渺小和无力。

我知道这个世界并非秩序井然，到处都充满着混乱和疯狂，未知与无常。对于这场旅行，此刻我才意识到，我正在经历一场意外和冒险。从被唐古拉和小米把我一个人扔在蛮荒之野开始，我的意外就已经发生了。而我，却假装若无其事，仿佛并没觉得它有多么严重和危险。走南闯北那么多年，自以为能够去面对各种意外。

所有的意外，总是会选择在某个时刻突然而至，它不跟你商量，你连一点预感都没有，只能去默默接受，并硬着头皮挺过去。在硬挺的过程中，一次又一次地自我宽慰，一次又一次地自我暗示："所有的安排都是最好的安排。"

眼看着一天已经过去大半，仍然举目无人，亦无车。

要是再没有车可以捎我，我想，我也只能放弃去札达，仍然回到塔钦去，看当地牧民能否暂时收留我。

行至水穷处，坐看云起时。我孤零零地在圣湖边静坐，深呼吸，心慢慢沉静下来。大围巾裹住我的大半张脸，只露出眼睛看云。

好在，阿里的云是全世界最美的，也是最奇幻多变的。我所置身之处，是离天堂最近的地方。

3

我相信天无绝人之路，我也相信所有的安排都是最好的安排。当我和我的行李，带着渴望又绝望的心情坐在地上等啊等，直等到太阳即将偏西的那一刻，忽然有一辆车朝着我疾驰而来，仿佛从天而降，带起滚滚尘烟。禁不住双眼一热，立即从地上跳起来。走近了看，居然还是一辆丰田越野的警车。

果然，我命不该绝。

相信一定是我的护法神在暗中保佑我，让我的救星在我彻底绝望之前如约而至。

还没等我伸手去拦车，车子便主动慢下来，在我身边停住。

"你去哪儿？发生什么事了吗？"车窗摇下来，是一位三

逃往经幡

十出头的藏族警察，脸膛黝黑，英气逼人，神情里充满疑惑和不解。

我说:"你能带我去札达吗?"

忽然一阵骤风起，我的语速又过于急迫，声音全被风卷走了，他没听清楚，又问我一遍。

于是，我放慢语速，大声重复:"我说，你能带我去札达吗?"

这回他听清楚了，朝我打了个手势，说:"快上车!"

谢天谢地，这一刻的我真想大声欢呼。可是我很快克制住了自己的情绪，我怕表现得过于激动，会把人吓着。

他跳下车，帮我把行李搬到他的车后座上。我看见他的座位上扔着一件厚厚的黑色制服和一顶挺括威严的警帽。

车里车外两重天。人一坐进车里，顿时暖和起来。冷风在窗外呼啸，阳光无声无息地透过玻璃照耀在我的脸上和身上，感觉我身体里的每一个细胞，都在汲取过滤了一切世俗气和尘烟味的纯净与温暖的气息。这种感觉真是奇妙又美好。

"你从哪儿来?去札达干什么?为什么会一个人在这里?你没有同伴吗? ……"

也许天下所有的警察，都是一样的。

也难怪，一个从城里来的女人，孤零零出现在严重缺氧、连飞鸟也绝迹的蛮荒地，这和一只来自可可西里的藏羚羊忽然出现在繁华街头的情景是一样的，都会令人惊奇和诧异。何况，对方又是个警察。

我们攀谈起来。

我不只是对他好奇，还对他充满好感。他的出现，无疑是我前世修来的福报，他是我从天而降的救星。

我说:"怎么称呼你?"

"我叫占堆。"

"占堆？藏语是什么意思？"

"就是降妖除魔、克敌制胜的意思。"

"好名字。不过，你们警察本来就是要降妖除魔、为民除害的。"

"我现在就是，不仅可以为你降妖除魔，还可以护送你安全到札达。"

他的声音听起来饱含冷峻和深情，有着藏族人说话时特有的腔调，铿锵有力，掷地有声。

我见他朝我咧了咧嘴，试图对我开句玩笑，却因陌生而有所收敛，还没来得及将笑容在脸上铺展，就被及时收住。

他是否好久都没有笑过，都不知道该怎么去笑了？他显然不太善于言谈。向我问了一些他认为必须要知道的几个问题之后，就闭起嘴巴专注开车。

他的车技非常棒，车速极快，却始终让你感觉稳妥，过急弯时也不会发生猛然刹车的情况。

一路沉闷，有时我没话找话，便夸下他车技很棒。

他只是谦虚地笑一下，并不说话。

忽然他的手机响了，他开着车载蓝牙，按下接听键，对方的语音便自动通过车载音响播放出来——

"占堆、占堆，你们都回了没有？"

"扎西和多吉没回，他们留在那边还有点事，我一个人回了，还在路上。"

"哦呀，你们今天又打了几只？"

"打了三只。"

"你们三个人跑出去一天，就找到三只？"

"对,应该都打光了。"

"嗯嗯,能够完成任务就好,就怕到时候又被人发现我们的区域里还有活着的就要命了。"

……

电话挂断了。

我忍不住问他:"你们打什么去了?"

"打野狗。"

"流浪狗? 难怪一路上都没见它们,你们把它们全打死了?"

"对,一个都不能剩。"

"为什么?"

"上头发了文件。"

"为什么会有这种文件?"

"为了预防一种叫包虫病的传染病,人只要得了这种病,就只有等死,治不好。据说已经发现个别流浪狗身上携带着包虫病的病菌,怕它们会传染给我们人类。"

"那也只是据说,就算有,也只发生在个别狗身上,可你们却把成千上万只流浪狗全都找出来进行灭绝,它们犯了什么罪? 你们这也太不讲人性了。"

"我们也没办法,我们只是在执行命令。"

"让警察出动去打狗,闻所未闻。"

"这里是边境,哪像在你们城里,事事分工精细。我们只要接到上头命令,啥都要干。"

有一种说不清楚的悲哀。

占堆仍在专注开车。我看着窗外的风景。车子在飞速前行,世界在后退。草原荒荒,群山茫茫,悲情漫漫。想起在藏地居住着的都是佛教徒,他们是不杀生的,尤其是狗。

"你是佛教徒吗?"我问占堆。

"我是警察。"占堆说。

"你不是藏族人吗?"我锲而不舍。

"我是。"

"据我所知,你们藏族都信仰佛教是吧?"

"是。"

"佛教徒是不能随便杀生的,对吧?"

"对。"

"那你还天天去打狗?"

"我是个警察。"

"但你是一个有信仰的藏族人,不可以随便杀生。"

"我没有随便杀生,我是在执行命令。"

好吧,我身边的这个人,一半是佛教徒,一半是警察。而我,成了一个精神分裂者,一会儿站在佛教徒的角度去想问题,一会儿又不得不站在一个警察的立场上去。事实上很多问题是想明白了也没用的,不想也罢。只是心疼那些无缘无故死去的生命。

4

经过的每座山头都挂满经幡。我想起唐古拉每次都会下车去挂一条经幡。而占堆和唐古拉截然不同,占堆的车子经过经幡群时,他不下车,也不挂经幡,只是隔着玻璃对着经幡群喊一声:"唆唆啦——!"他说这是当地人和山神在打招呼。于是,我也跟着他喊一声。

喊过很多"唆唆啦"之后,我们来到鲁康噶那达坂,这座山横跨在噶尔县和札达县之间,海拔五千多米,是这一路过来最高的一处达坂。站在最高点，可以一览众山小。达坂上的经幡也格外密集和鲜艳。落日的余晖恰好映照在飞舞着的经幡群上。

夕阳如血，宛如仙境。眼前的景色吸引着我，令我沉醉。我忍不住请求占堆停车，让我下车去。

喊了一声"唆唆啦"，占堆把车靠边停了下来。

但他自己并没有下车。也许他懒得动。眼前的景色再美，夕阳下的经幡再怎么诡异、诱人，对他来说，也不过是日常，是天天都能见得着的身边景物。

我拿着相机下车，一个人朝着那片经幡走去。风大得几乎可以将我吹上天，我根本站不稳，身体摇晃着。逆着风穿行时，就像一脚深、一脚浅地踩在深水里，又仿佛在跟一股没有形状却异常汹涌的力量进行搏斗和撕扯。

突然从经幡堆里蹿出来一条狗——确实是一条狗，一条黑色皮毛的流浪狗，它朝我快速扑过来。我尖叫一声，完全属于条件反射。可能是我平时怕极了那些被人拴养着的狗，因为它们只要挣脱了主人手中的绳子，就会朝着陌生人狂吠，龇着牙做扑击状。虽然我知道狗是对人类最忠诚的动物，情商和智商也比其他动物要高，但它们一般只会对喂养它们的主人忠诚，对于陌生人，它们总是以敌对的姿态去狂吠和示威，甚至会直接扑上来咬一口。那些被拴养久了的狗，很容易出现丧心病狂的时刻。因此，我对陌生的狗，都有一种恐惧心。

一定是我的尖叫吓着了占堆，他从车里跳下来，一个箭步冲到我身边，速度比那条狗还要快。

"你不要过来，占堆——！"

可是占堆已经在我身边，我被另外一种可能存在的危险给吓着了，我怕我会立即听见一声枪响。我不确定占堆会不会在某一刻开枪，但我知道他身上有枪，随时可以开枪射击，这是他们正在执行、也必须完成的任务。如果占堆的子弹飞出去，怎么办？

流浪狗已碰到我的身体，伸出两只前爪，搭在我的左胳膊上，像人那样直立起来。我仍然惊魂未定，但我已迅速觉察出来，它对我并无恶意，也不贪婪。它可能只是饿了，过来想讨点吃的。或许，它是好久都没见着一个好人了。它当然嗅得出，我身上没有枪和任何凶器，内心充满善意和怜悯。它终于盼到一个看上去像是不会伤害它的人，自然就急匆匆地从经幡堆里跑过来，试着跟我亲近，希望我能够给它一点食物。它拼命地向我摇着尾巴，可怜巴巴地看着我，那乞求的眼神令人心碎。它一定饿了好久。

它可能还没有觉察到站在身边的那个人是警察，身上有枪，见狗就杀。我该如何告诉它，让它以最快的速度逃走，一直逃到没人的地方去，逃到连子弹也飞不到的地方去，别在我身上浪费时间，我身上除了保温杯里的茶水，没带任何可以施舍给它的食物。我赶它，使劲驱赶它，命令它快点跑开。但它就是不走，一直跟着我。

"别怕！"占堆一把拉过我，朝那野狗踢了一脚，那狗退后几步，怔怔地在那儿站住，一脸无辜地看看占堆，又看看我。它伸了伸后腿，身体仍在原地游移，任我怎么驱赶它，它就是不走。

占堆一定以为我拼命驱赶它，是因为我怕它。他并不知道，我是在怕他，怕他突然拔枪射击。

当占堆飞起一脚，想把狗踢开的时候，我吓得直接喊他住手。

逃往经幡

狗和占堆对峙着。

占堆莫名所以地看着我，似乎在问，你到底想干什么？

我说："你不能朝它开枪，它那么可怜。"

占堆有点哭笑不得，他摊开双手让我看，并且夸张地把他的两只裤兜也翻出来，还撩起衣服下摆，让我看他的腰上也并没有别着枪，他身上哪儿都没有危险，他那样似笑非笑地看着我，仿佛在嘲笑我的天真与无知。

我被他的举动和神情弄得有点不好意思，我说："你吓死我了。"

占堆说："我根本就不会打它。"

"那你跑过来干吗？"

"我跑过来保护你啊，你不知道你刚才那声尖叫把人给吓得——"占堆假装抹汗。

"条件反射嘛！"我大笑，"不过，我刚刚确实被你吓了一大跳。不过没事了，狗并没有恶意，知道你不会打它就好。"

"我也没有恶意，你还对我大吼大叫。"

"我还以为你会朝它开枪。"

"你真傻，我若要开枪，坐在车里就可以，干吗还跑过来？你见过人跑到敌人跟前去开枪的吗？"

我被他说得忍俊不禁，赶紧为自己找个台阶下："你就尽情嘲笑我的无知吧，我要去拍照了。"

夕阳如血，鲜艳夺目的经幡在风中舞动，远处的雪山是它的背景，中间隔着广袤无际的荒漠，一切美得令人窒息。

经幡群就在陡峭的岩石上，下面是群山环绕的山谷，深不可测。风怒吼着，从谷底盘旋而上，我站在悬崖边，仿佛被无数只手往上托着，又被用力地左右推搡，风从我的裤管灌进来，从袖口灌进来，从衣领处灌进来，灌满我身体的每一个角落。幸好我今天穿的是裤子，要是裙子，估计会像蘑菇伞那样被风鼓起来，会被直接吹上天了。

流浪狗在我身后徘徊着，不一会儿它就摇着尾巴跟过来，咬着我的裤腿用力往后扯，它仿佛在提醒我，我的身前是万丈深渊，站在这里很危险，不要再往前靠了。我忽然有点感动，转过身来摸了摸它的背，得到恩宠的它开始雀跃起来，不断用它的方式尝试着和我进行交流与亲热。

占堆又跑过来驱赶它，弯腰拾起一块小石头，狗吓退了好几步，但我已经知道占堆不会真的对它下手。

我大声说："别怕，他绝对不会打你。"

占堆大笑："你又怎么知道我就绝对不会打它？"

"你身上没枪。"

"好吧，我身上没枪。"占堆故意做投降状。

拍完照片，我们往回走，流浪狗一直跟着，我被它充满乞求的目光击中，我想它一定饿了好久了。

我对它说："如果你实在很饿，就跟我们回去，我带你去买吃的。"

然后，我请求占堆带上它。

占堆说："放过它吧，我们走。"

"它会饿死的，这里海拔五千多米，根本就没有食物。"

"它是一只流浪狗，在觅食方面，比人聪明一万倍，它怎么上山，就一定知道怎么下山。你担心什么？"

我还天真地想着如何去说服占堆，让他同意带狗下山。谁料还没等我开口，占堆就主动妥协："要不然，你就试试，如果它愿意跟我们下山，我们就带上它。"

谢天谢地，占堆终于大发慈悲，我甚至想着，该去找家超市买些狗粮好呢，还是去找家餐馆煮上一锅肉骨头，总之要带狗去大吃一顿。

奇怪的是，寸步不离紧跟在我身后的流浪狗，走到经幡尽头，却突然停住，只是来回走动，不再向前一步。

我们的车子和它只隔开一条马路，无论你如何引领它，它就是不过来。

占堆早把车子发动好，就等我上车。而流浪狗却站在那里，再不肯往前挪一步，对我不停地摇尾巴，眼眸里全是不舍和伤心，我也伤感起来，又有点纳闷，它为什么就不肯跟我下山？难道它前世是经幡的守护者，今生变成了狗也要守在这儿、不肯离开一步？

车子开走了。我一直回头看。它没有追上来。

占堆说："狗是有灵性的，它们真的比人聪明。"

我忽然有些生气："那它为什么不跟我们下山，难道它不知道这个季节雪说来就来，只要开始下雪，整个冬天就会大雪封山，它守在那里不饿死，也会冻死。"

"你以为它不知道？"占堆看着我，无可奈何地叹了一口气，说，"它在那里饿死、冻死，总比下山去被人一枪崩了要好吧。"

"你什么意思？"

"不是跟你说了，上头都发了文，要消灭所有野狗，要是被发现我们这个区域里还有没被打完的狗，搞不好连我们的饭碗都会砸掉，会以违令处置。所以，你别太天真了，你要是带它下山去，意味着它随时面临着被一枪消灭的后果。我的意思是，在这里，仅凭你的善良，不仅救不了它，还会害它加速死去。

"这个区域不属于你们管辖？"

"当然属于，整座鲁康噶那山，都是我们要巡逻的区域。"

"那你刚才并没有开枪，是因为看在我的面子上，还是，忽然间大发慈悲?"

"都不是。"

"那是为什么?"

"这是藏地，谁敢朝经幡开枪射击？我们藏族有藏族的禁忌。"

好吧，我保持沉默。

我的智商果然不如一只狗。

5

从鲁康噶那山顶下来，一路急转弯，陡坡也多了起来。我们的车子一直往西开。阿里在西藏的西边，我们所要去的札达，又是在阿里的西边，再过去，就是印度了。

忽然想起，孜孜不倦、一路向西天去取经的唐僧，他也走过这条路。当年唐僧走这条路是去取经，而我呢，我又为何而来?

此时的太阳正在正西方的雪山上沉落。到西藏看过日落的人一定都知道，当太阳光恰好打在玻璃窗上，整个车窗就像盖上一块厚实的红绒布。这种时刻，无论你戴上什么墨镜都挡不住强光对眼睛的刺射，你很难睁开眼睛，前方的路况几乎看不清。

而占堆想赶在天黑之前回到札达，他说天黑之后，这边的路况会有点危险。车速变慢了，占堆对抗着强太阳光，专注于驾驶，不再和我说话。

我眯起眼睛看着窗外，风起云涌，火烧云也上来了，一大片一大片的。彤红的云朵后面镶嵌着一层又一层奇异的云彩，金色、黄色、粉色、墨绿色、烟灰色、蓝色和黑色……无论哪种颜色，都挡不住彤红的血色。大团大团的红云像极了喷薄而发的鲜血，浓稠、绵实，化都化不开。天象异常诡异，看久了会心生恐怖，仿佛天空中正在进行一场血流成河的屠杀，那么多的血被泼向天空，它们在各种颜色的云层里洇开来，瞬息万变，不断地变幻出各种形状来。有时变成一团熊熊燃烧的大火，有时变成张着血盆大口的怪兽，有时又变成一条滚动着的火龙……天光变幻无穷，每时每刻、分分秒秒都在变。

占堆的两只眼睛也眯着，不眯起来他看不清路，眼睛受不了强光。为了能看清路况，他的身体总是扭来扭去，脸上的肌肉和表情也在变来变去。他的脸本来就黑，被太阳一照就更黑了，又泛着些红光，油亮油亮的，额头和鼻翼处长了些粉刺。说不上来为什么，那些从肉里长出来的黑色小刺头，总令人有一种隐隐的恐慌和不舒服的感觉，它们让人想起过盛的荷尔蒙和激情，它们源自身体内部的不安分，是蠢蠢欲动的另一种表现。据说心如止水、无欲无求的人的脸上是不会长出那么多小刺头来的。

占堆，一个除暴安民、降妖驱魔的警察，是不是也会在某个特定的时刻摇身一变，变成一个坏人？比如，变成一个杀人犯，或者变成一个强奸犯？思绪信马由缰，但走到这儿，我勒令自己戛然而止，不再胡乱想下去。

一路上都没有车，也没有人，连只飞鸟的踪影都没有。野生动物也躲了起来。也许它们并没有躲开，只是阳光过于强烈，暂时刺瞎了我们的双眼，什么也看不见。正因为看不清眼前的世界，我的脑子便特别活跃，总是想来想去，许多稀奇古怪的念头像画面一样在我脑海里浮现。

忽然，前面有个庞然大物，仔细看，它并不是静止的，是一辆慢慢往前移动的大货车。估计他也是受到强光的刺激，车开得像蜗牛爬行。我们的车子超过它时，占堆看着那辆车摇了摇头，笑了笑，表示对同一种遭遇的无奈和自嘲。

我忽然记起来，这就是在塔钦的路上被我拦下来过的那辆破货车，而那个司机却不愿意捎我。我把这件事告诉占堆，说那个货车司机原来是在向我撒谎，他明明把车开往札达，却说他不去。

占堆说："这个可以理解，人家怕麻烦，这边路况又不好，万一出个什么事儿，他也犯不着。"

"也是。"我在心里迅速原谅了那位撒谎的货车司机，甚至还暗自庆幸，要不是他的冷漠拒绝，我就不会遇上占堆。在这种地方，和一个警察待在一起，总是要比一个货车司机靠谱一些。

车子已经驶入土林，太阳继续下沉。火烧云由彤红的血色变成迷离奇异的深粉色。车前的强光变成一团红雾，笼罩住前行的道路。一望无际的土林在红雾里沉浮。世界变得光怪陆离，不断出现幻觉。眼睛疲劳到酸涩疼痛，我们快成了两个失明的人。

行至一个高处，强光更刺眼，实在不能再开了，索性停下车来，看红雾漫天笼罩着土林的壮阔奇观。占堆也需要休息。我下车去拍日落和一望无际的土林。这样的奇观不是每个人都可以遇见的。

下车，占堆去旁边抽烟休息，我爬上土坡去拍土林壮观的日落。

经过千万年甚至上亿年风化的札达土林，据说有四千平方公里。远远望过去，就如无边的海浪在翻涌。瞬息万变的

逃往经幡

光芒和迷雾笼罩在土林上方，在远处弥漫、缭绕。极目远眺，根本分不清是云、是雾，还是光的作用，有点目眩神迷。这是一个奇异的世界，犹如非同凡响的仙境。无论我朝哪个方向拍摄，都无法将眼前的壮阔定格，我只能摄取其中一小块。

想起曾经看过的一部电影，电影里的主人公为了完成他的心愿，冒着九死一生的危险，走进传说中的"掌纹地"。而"掌纹地"的取景地就在我眼前。我所看到的并非传说。

鼓励并劝说那位主人公走进"掌纹地"的人，是一位修行圆满的高僧大德，他说："不要去追求，也不要去刻意寻找，你只要在祈祷中领悟，在领悟中获得心中的幻象。在这个人世间，会有无数条路径，但，只有一条是通往人间净土的存在之路……"

眼前茫茫，不知道哪一条路，才是通往人间净土的存在之路。一般高僧大德所说的话，都充满哲理、暗藏玄机，我等凡夫俗子也就只能听个云里雾里、似懂非懂，等于不懂。

爬上爬下拍照也很累，毕竟在高原，坐在石头上休息，满眼都是风景。其实那块石头，也不是石头，是泥土风化而成的块状体，它比石头更坚硬。在土林里好像很少看见真正的石头。那些腾空林立的山峰，实际上都是土，是经过亿万年的时间风化后的泥土。

我安安静静地坐着，欣赏眼前这份神赐予的大美，全然忘了还有一个叫占堆的警察，他还在车里等我回去。

"嗨——"是占堆在叫我。

估计他等得不耐烦了，他在那儿喊我"嗨"，或者"嘿"，他用他的声音在找我，尾音拖得悠长悠长，像在唱山歌。这一路上，他都不叫我名字，每次说话都直奔主题。

我说："你可以叫我名字，也可以叫我姐姐。"

他不好意思地笑了笑，说我这个名字不太好叫，听起来别扭。叫我姐姐吧，他又觉得别扭。虽然他比我小，但他说看上去他比我大好多。他甚至有点不太相信我说的实际年龄，问了我好几遍。我说你要是不信，我可以给你看身份证。他赶紧说不用。

我问他家里有姐姐吗？他说没有，家里就他一个孩子，父亲很早过世，现在他和他母亲住在一起。

其实他叫不叫我名字都无所谓，在这蛮荒之地，根本就没有其他人，只要他发出声音，我就知道他在跟我说话。

我问他是否需要换我来开一段，他开了那么久一定很累了。但立即遭到拒绝。

他说这段路上布满陷阱，经常会有陡坡和急弯，稍一疏忽，就会有翻车的危险。

说着话，车子已驶出几十公里，又一个急转弯过后，前方突然出现一条很长很长的直路，空空荡荡，仿佛可以笔直通往天际。

车速忽然慢下来，占堆定睛望着前方的路，若有所思。然后，猛拍一下方向盘，便一阵旋风似的调转车头，向着原路飞奔而去。

他这是想干什么？发生什么事了吗？我诧异地看看他，又看看那条路，就那么笔直的一条路，空茫茫的，什么也没有。没有人，也没有车，也没有动物，甚至没有任何动静，他为何急匆匆调头？油门踩得轰轰响，像是在奔赴事故现场。

我完全摸不着头脑，被他急迫、紧张又义无反顾的神情惊到。有一种不祥的预感笼罩着我。

回去的路上经过好几个急弯，一脚刹车，一脚油门，每一

56 逃往经幡

个动作都来势汹汹，粗暴又果断。车子一路尖叫。

在又一个拐弯处，赫然看见那辆大货车翻倒在土沟里，大半截车身倾斜着，深陷沟渠，车身还在颤抖，发动机的声音仍在轰鸣，像一头垂死的怪兽。车旁没有人，路上也没有人。驾驶员显然还关在车子里。

占堆冲下车，扑到那辆车前，重重拍了几下，没有回应。他直接用手肘撞碎车窗玻璃，然后从里面打开车门，拖出来一个血淋淋的司机，那个曾经向我撒谎不肯捎我到札达的司机，现在就在快到札达的路上出了车祸，变成了一个血人。

司机还有呼吸，头被撞破了，不断在冒血。占堆让我赶紧找块布条。

这让我去哪儿找布条啊！慌乱中扯下围巾递给他。他三下五除二极其麻利地为司机包扎好。

"快点！"占堆的意思是，让我一起动手帮忙。

那个司机真的好重，我们费了九牛二虎之力，才把他塞进后车座。占堆的额头、胸前和双手全都是血。

我拆了包湿纸巾递给他，他随便擦几下，喘着气对我说："你别害怕。这段路经常会有车祸发生。我在这里救过一些人，也眼睁睁看着有些人就在我眼皮底下死去。幸好，他还活着，我们赶紧送他去医院。"

从他粗重短促的喘息声中，我知道他已耗尽力气。可是他没有休息，回到驾驶座，一脚油门踩下去，车子一冲往前。还不忘嘱咐我："系好安全带！"

我惊魂未定地坐在副驾上，不停地回过头去，看那司机是否还活着，好怕他突然断气。

天已黑尽，不知道是由于害怕，还是寒冷，我浑身打着哆嗦。高原的夜晚比白天冷好多倍。

车子经过我拍过日落的地方，我把目光伸向窗外，漆黑一片，什么也看不见。土林已沉没在夜色之中。再经过一个大转弯，车子重又驶向直路。

就是在这里，占堆猛然想起那辆大货车。凭着一个警察的直觉，他认为那辆大货车肯定出事了，不然从时间上推算，应该在我们前面。占堆对这里的路况太熟悉，哪儿容易翻车，哪儿的路会塌陷，他基本都能估摸到。

6

好在土林离县城并不远。占堆又是开着警车，过检查站可以直接放行，不需要下车办理烦琐的过关检查和登记手续，省下好多时间。

他开着车熟门熟路地找到了一家医院。所谓医院，也就是个小诊所。

停车，打开车后门，准备去抬人。没想到那个司机自己坐了起来，也不知道他什么时候醒过来的，在昏暗的灯光下，睁大眼睛虎视眈眈又迷茫地看着我们，吓得我魂飞魄散，像半夜撞见了鬼。

而占堆却松出一口气。他把司机扶下车，那司机居然手脚灵活能自己走进诊所，根本不需要人帮忙。但他始终没有开口说半句话，仿佛一个刚从噩梦中出来的人，梦游一般，还没完全适应这个现实世界，大脑还停留在混沌状态，不知道自己在哪儿，也不知道发生了什么事。

或者，他是否被撞成了脑震荡，从此失去了记忆？这很有可能。

我看了看他满是血迹的脸，还有我那条粉紫色围巾。围巾

逃往经幡

紧紧地缠绕在这个陌生男人的脑袋上,已血迹斑斑。我竟然有点不舍,那是我很喜欢的围巾,跟着我走南闯北好多年,此刻,我已经和它在默然道别。

医生帮那人清洗完伤口,再包上消毒纱布,那个人漠然麻木的脸上才有了点生机。医生摁了摁他的背部和腰部,问他疼不疼,如果很疼,那可能就是骨折了,要换大医院去看,这里没有办法做手术,也拍不了片子。

那人忽然开口:"别摁了,没伤到骨头,还死不了。"

谢天谢地,一个在车祸中被撞得昏迷不醒的人,终于脱离了危险,我们都如释重负。

他看起来状态不错,也没有失忆的迹象。但他似乎并不想为他的死而复生表示感谢,而是,深深地叹了一口气,用他浑浊的嗓音无限悲凉地说出至今我都还念念不忘的八个字:"逃无可逃,死亦无门。"

我们都有些迷惑,不知他什么意思,为何"逃无可逃,死亦无门"?难不成,他是个逃犯?一心逃到天边来寻死,却被我们无意救起,害他寻死无门?

他五十岁左右,剃平头,头发已呈铁灰色,每一根都抖擞地竖立着,像松针。脑袋看着像刺猬。个子不算高,但看上去强壮结实,胳膊充满力量,像是练过散打或有点武术的人。他不像当地的藏民,应该是个汉族男人,他何以沦落到此?

果然,他是个汉族,话匣子终于打开——

他来自锦城,曾经担任锦城公安局副局长,如果不出意外,他很快就能晋升正局。那时的他,可是权重一时,办起事来雷厉风行。他主管走私缉毒。走私犯、毒品犯和心术不正的人,见了他个个心惊胆战。也因此,他结下一些仇家,屡屡收到恐吓信件。但他从不为此退缩和害怕。他拥有权力、拥有武器、拥有组织对他的庇护和重托、拥有人民对他的信任和拥戴，他不怕。

实际上，那些坏人也奈何不了他，想害他也无从下手。他不会给人机会。能对他下手的，往往是离他最近的人。

他的局长曾一手把他提拔起来并委以重任，但在一起重大走私贩毒案中，他却和他的局长死磕上了。眼看马上就可以把走私贩一网打尽，他的局长却下达命令，让他临时撤退，他和他的兄弟们气红了眼，坚决不撤。

局长找他深夜长谈，意味深长又婉转地告知他，这批毒品内部有人，情况异常复杂，让他高抬贵手，放过一马。

对于局长的这番好意劝告，他不但没有领悟，还自作主张仍然坚持追查到底。

事后他怀疑，局长对他说的那个"内部有人"的人，就是局长他本人。但他依然不怕。

有个周末的晚上，他照常下班回家，带妻子和女儿去超市。走到楼下，妻子想起她的拎包忘在客厅茶几上了，于是叫他回去取。他家在四楼，不用坐电梯，他爬楼梯的速度比电梯快，等他上楼拿了拎包再下楼时，忽然听见爆炸声，接着火光四射，灰飞烟灭。他妻子和女儿就在拉开车门的刹那间，引爆了安置在车底下的炸弹……

他抱着妻子的黑色拎包痛不欲生，意外的惊愕与愤怒，让他流不出一滴眼泪。

他知道要他命的那个人是谁。

"不服从，就有可能被弄死！"——他想起局长在那次长谈中提过这句，并告诫他，出来在江湖上混的人，要识时务、顾大局，不然……而他妻子无意中忘在客厅的那只包，却救了他一命。

逃往经幡

如果可以交换，他愿意拿自己的命去换回妻子和女儿的命。但，一切已成定局。

他深知自己走投无路，官官相护，权贵勾结，他连告发和报复的机会都没有，他没有证据。

有家回不得，单位当然也不能去，在锦城是待不下去了。

他连夜出逃。身上没有护照，也没有足够的钱，出国无门，他辗转逃到了阿里。再也不能逃到更远的地方去了，他对自己说，阿里已是天边。

几年来他一直都和这里的牧民住一起，自己也很快变成了牧民。为了躲避追杀，他从一个牧场到另一个牧场。牧民们不会开车，他会。有些牧民不识汉字，他会。他帮人家运货物，也运牛羊。

他度日如年，每天都想着回去为妻女报仇，是仇恨让他活了下来。他已没有自己的身份。和牧民混熟了之后，通过关系在当地补办了身份证，上面是他随便杜撰的一个藏族名字。

他让我们叫他老部。到了阿里之后，他再也没透露过自己的真实姓名。在我和占堆面前，他也不愿提起。

他说，那个名字已随着他妻女一起埋葬。苟延残喘活在世界上的那个人，已经不再是原来的他，只是一个复仇的影子。

阿里是个消息闭塞的地方，但就在半年前，他忽然从电视新闻上看到一则消息，他日日夜夜恨着、惦念着的那个局长，突然在办公室里一夜暴毙……不知道什么原因。

那天的他狂奔到雪山脚下，朝着神山双膝下跪，拈草为香，他替他死去的妻女烧了三根香。

积攒了好几年的泪，终于如江河奔腾，一泻千里。哭完了，整个人也散了架，他的精气神也散了，再没有聚拢过。他忽然失去了活下去的动力，开始想活着为何？

7

最近这段的老部，一直住在一个叫萨嘎的小镇上，镇上好多人都认识他。

忽然有一天，工作组的人通过镇干部找到他。他会开车，又肯卖力，想要重用他。

听到"重用"二字，仿佛噩梦重续，老部愣了老半天。原来组织上的人也到了天边。

天网恢恢，组织从来就不曾放过任何一块土地，也不曾放过任何一个人。只是这么多年来，他从来没在一个地方待过很久，像一条漏网之鱼，侥幸地逃过了组织的普查。

他想他这次肯定逃不掉了。好在他的假身份证居然没被查出来，还被编入册，从此他实实在在地拥有了另外一个真实存在的身份。

他从来未曾恐惧过，就算失去妻女的那些日子，他也没有恐惧，他的心被仇恨、悲痛和思念填得满满实实。可是，在忽然失去报复目标之后，他却天天深陷在一种莫名所以的荒诞的恐惧之中，恐惧心又引发了他内心深处的生存焦虑。他开始思考，为了什么而活下去，活着到底有什么意义？

当他一旦开始思考人生，思考人为何而活，竟然觉着自己所有的一切都毫无意义，只是虚无。

这次组织派他开车去札达往西的米罗镇，去接五位"阿尼啦"。

"阿尼啦"是我们汉族人所说的尼姑。由于一起特殊事故，组织上开始对某些地区的尼姑有所整顿，试图去改变她们的身份，劝说她们还俗，去嫁人，去生孩子，去参与社会的各种活动，去滚滚红尘……

米罗镇除了那家尼姑庵，附近还有一座喇嘛庙，住着几个年老的和年轻的喇嘛。本来，喇嘛和阿尼啦都是出家修行的人，本应相安无事。

可他们之间却发生了一场史无前例的冲突。发生冲突之后，有个阿尼啦居然一把火烧了喇嘛庙，有几个年轻的喇嘛逃了出来，而在熟睡中来不及逃走的那几个年老的被活活烧死在寺庙里。纵火的阿尼啦知道自己在劫难逃，她也没想逃，把剩下的半桶汽油全泼在自己身上，也把自己烧死了……

老部说，天下之大，无奇不有，出家修行的阿尼啦和喇嘛之间，居然也会发生血淋淋的情杀。而在这场荒谬的情杀案之后，又引发了另一场决议，喇嘛庙被烧成废墟之后，阿尼啦修行的庵院也被勒令拆除。在拆除之前，上头已派人几次去劝说那五位阿尼啦还俗，但均无果。

那五位阿尼啦一致表示，如果非要逼她们还俗，她们就死。组织认为她们这是危言耸听，也想不通她们为何如此固执，她们完全可以去过另外一种更有意义的生活，可是她们却死活不从……

这次老部接到任务，是去强行将那五个阿尼啦运走。而老部的心里根本不想参与这件事，但是，他又不得违抗命令。

一路上，无聊透顶的老部想东想西想起许多往事，感觉他的活着，约等于无意义。与其继续没有尊严地活下去，不如自行了断。

生与死只在一念之间。车过急弯处，他一脚油门，车身猛然失重，直接翻进沟里去，——他当然是故意的。

按他的经验，那一脚油门的速度，足以让他去死，痛痛快快地与这个世界诀别。

他哪会知道，他还就死不了。

8

接下来，老部说的就有些神神叨叨的了。但是，他的表情却认真又严肃，仿佛就是在一场会议上进行个人陈述。

他说，他死不了的真正原因，不是别的，是他还没有准备好贿赂给冥界官员的钱。他忘了自己身处人口大国，最近几年人口仍在增长。由于人口激增，老死、病死、毒死、被杀死和各种意外死亡的人数，也都在相应增多，致使冥界也人满为患。许多新魂不能在冥界及时上户，灵魂得不到安息。

为了得到更好的安排，冥界实行了一套法则，根据亡者在生前的单位性质，划分出几个等级，分别为：行政、事业、国企、集体、私企等；按工种划分为干部、工人、合同制、临时工、农民工等；按生前的户口性质划分为城镇户口、农村户口、黑户口，等等。

要获得一个好的安魂之处，就得准备好一大笔冥币，去向冥界官员贿赂。不然，你就会被驳回人间。

人间腐败，冥界也在腐败，没钱贿赂的人不得入内，亦无法正常进入安魂之地，灵魂怨声载道……

我惊异于老部不动声色的虚构能力，也惊异于他的穿越能力。由于他在陈述的过程当中表情过于严肃和认真，你不得不相信他说的这一切都是真的，都是他的亲身经历和切身体会。

"真是这样。"老部说。

我不禁问："那些被冥界拒绝接纳的灵魂，又该怎么办呢？"

老部翻了翻眼珠子，看了我一眼，没作声，然后，他的目光飘向一个不确定的远方，仿佛还在追忆他在冥界的游历

逃往经幡

过程。

不知道占堆听完老部的陈述，心里又是怎么想的。

占堆看老部的目光里，仿佛带点歉意。或许他觉得，他既不能帮老部去死，也不能帮老部在这个世界好好地活下去。

这真是一个荒诞的夜晚，仿佛刚经历了一个天方夜谭的故事，但，它却是真实发生的。

小诊所里灯光幽暗。夜空中布满星星。值班医生早就睡着了。而我们，三个来自不同地方、拥有不同身份和不同生活经历和习惯的人，却奇迹般紧密地联系在一起。

这样的场景，本身就充满一种无法解释的荒诞感。在这个时刻，我们每个人的灵魂都是赤裸的、敞开的，没有隐瞒、没有欺骗，也没有谎言。

占堆是不是个警察，我是不是个写作者，而老部到底是警察，还是司机，还是后来的老部，都不重要了。重要的是，一桩自杀未遂的车祸事故，让我们三个在这个夜晚如同亲人，又像患难与共的生死之交。我们谈论生之何为，谈论家国，谈论情爱，谈论人权，谈论自由，谈论一切可以谈论的问题……而这些，在我们的日常生活中早已不被谈论。

9

老部说，几年前的他还是一名警察，每次去他局长办公室，总会看到墙上那幅大字："和光同尘"。

他在心里暗自嘲讽，当领导就可以摆出副姿态故作谦虚了？你官位再高，还不是个凡夫俗子，既然是凡夫俗子，就没必要说"和光同尘"，因为，你本身就是尘。

占堆笑了笑，他不是很明白这四个字。他可能从小生在藏地、长在藏地，大部分时间都在接受藏文化教育，对汉语文字的理解不是很精通。他说他们前局长的办公室也挂着四个大字，是"厚德载物"。

有一天他好奇，问同事，那个同事很认真地对他解释："厚德"，就是平时要积攒很多德；"载物"，就是要载得动很多物。局长恰好是个十分贪钱、贪权又贪色的人，因此，时刻都要勉励自己去积累很厚的德，才可以厚着脸皮去向人索要更多的物……

我和老部都被占堆逗得大笑。占堆自己也笑，说那个局长在这里还没积到很多德，也没来得及载走很多物就死了。怎么死的呢？是死于高反。从表面分析，由于这里海拔高、条件差、工作环境又艰苦。实际上呢，是被他自己给害死的。

他是汉族人，从小都在城里长大，患有高血压，本来就不适合到西藏工作，何况阿里又是西藏的西藏，海拔特别高。但他是个官迷，抱着侥幸心理，主动要求调到阿里。凡是调到藏区工作几年再调回内地去的官员，一般都会得到快速晋升。这是升官的最佳捷径。

虽然那个局长患有高血压，但并不严重，只要小心对付着，在阿里待上一两年，应该也不会出什么大事儿。问题是，他是个过于追逐名利，又好胜逞强的人，喜欢到处去折腾，不断深入艰苦偏远的地方搞调研工作，搞调研工作的时候，喜欢前呼后拥带一大群人跟在身边，每次都要把他在条件恶劣的高海拔地区工作的行踪全程拍摄下来，然后，拿去做宣传。

有一次，他又去亲自慰问牧民，行至途中，一场大雪不期而至，草原迅速变成冰天雪地，一行人冻得瑟瑟发抖。他也挨冻，但他没有决定返回，而是坚持让随行扛着摄影机全程拍录下来。为了在满天飞雪中把自己拍得顽强和伟岸一些，他露出整张冻紫、冻僵、冻成猪肝色的脸，目的是让观众更清楚地看到是他本人，而非替身。那天的局长没戴帽子和口罩，也没系围巾。拍到后来，他和拍他的人，都受了风寒。在内地感冒没什么，但在高原感冒却会致命。

过度作秀的结果是，他染上了一场重感冒，而那场感冒终于引发了他的肺水肿，被送往拉萨医院抢救的路上，他还不忘叮嘱随行人员把他为了工作而得病的过程，全部都要如实拍摄下来。

当时有个人没忍住，说："你都快没了，还拍！"

"你相不相信，等我一出院，我就收拾你！"因病而呼吸微弱的局长，仍然满腔愤怒。

老部哈哈大笑，说："我猜——那个人就是你吧，你后来被他收拾了对吗？"

占堆说："他再也没法收拾我了，人还没送到拉萨，便挂了。"

"然后呢？"我问。

"然后？然后就没有然后了！"我们又大笑。

想想也没啥好笑的。但在当时，就是觉得很好笑。除了笑一笑，也没别的什么事好做了。

笑停之后，占堆问我："你能不能跟我详细说说，和光同尘到底是个什么意思？"

我说："和光同尘，出自老子的《道德经》，挫其锐、解其纷、和其光、同其尘。它本是道家无为而治的一种思想体现。现在作为一个成语，有不露锋芒、与世无争之意。"

"那是在正常情况下的一种解释。"老部立即纠正，"当它悬挂在一个官僚的办公室，它的解释就只有一个，劝诫自己必须做到随波逐流，或者同流合污。就是要求自己变得无棱角、随主流、不再彰显个性。"

正说着，有辆警车开进院子。警灯闪烁，诊所门前瞬间被照亮。

"他们来了。"老部叹息一声，说，"我的手机有定位，在任何地方他们都能找到我。我是多么希望，当他们找到我的时候，我已经变成了一具不会开口说话的尸体，可是……"

占堆的眼里再次充满歉意，他拍了拍老部的肩膀，什么也没再说。

老部被那些人带走了。

带走老部前，我们被叫到一边问了口供。我和占堆不约而同地说，老部是不小心出的车祸，因为那段路况不好。

我们对老部的秘密和他的经历只字未提。

10

我和占堆离开诊所。

札达的天空挂满繁星。我仰起头，看见闪亮耀眼的银河，有一种沦落天涯的苍茫感。

"今晚的星空真美！"我说。

占堆也仰起脸看了一眼星空，说："你喜欢看星星，我带你去一个地方，那儿能看到你一辈子都忘不了的星星。先上车。"

上车去哪儿呢？我的住处还没有着落。我问占堆："能帮我找到旅馆吗？"

"冬天都关门了，哪还会有旅馆？"

"那我住哪儿？"

"只能委屈你住我家。"占堆对我笑了笑。

"方便吗？"我有点忐忑。

逃往经幡

"方便，也请放心，不会让你和我孤男寡女住一起的，家里还有我阿妈，她会照顾你。"

占堆的家在札达县城的边缘。房子不大，但有个独立的小院子。大红大绿大黄相间的粗劣的雕花装饰，和屋子中央烤火的灶台，围着柱子堆成一圈的干牛粪，这些几乎是所有藏族人家的标配。

占堆阿妈就坐在灶台边烤火，她的头上绑着一根粗粗的红绳带，和两条辫子交织在一起，一直垂到腰际。估计从出生那天起，她就从未剪过头发。她的脸上布满皱纹，颧骨上两坨高原红更让她显得苍老，给人一种饱经风霜的感觉，明明五十多的人，看上去却像六七十岁的老人。但她行动敏捷，做起事来手脚利索。她一刻也不得闲，握在她右手的转经筒永不停息地转着。

她听不懂我说话。占堆和她交流，也全都用藏语。他们在用藏语沟通的时候，我也完全听不懂。

我看见他妈妈疲惫的脸上闪着异样的光芒，从看见我们开始，她就一直在微笑，脸上飘浮着一些无可名状的好奇和喜悦，好奇和喜悦驱走了她等待了整晚的疲惫。

占堆使劲地在向他妈妈又是摆手又是摇头，不知他在否认些什么。他妈妈并不拿正眼看我，却时不时地偷偷瞟我一眼，低下头无声微笑。

我和占堆都饿了。又饿又累。占堆问我吃不吃得惯他们的藏面，他让他阿妈为我们做两碗藏面。

我哪里还敢挑食，有的吃就好。我说我早饿坏了，什么都能吃下去，感觉胃里空得能吞下一头牦牛。

占堆被我逗笑，跟他阿妈嘀咕了一通。笑着告诉我："我阿妈说你看起来好像并不是很饿的样子。"

我问占堆："你们很饿是什么样的呢？"

占堆弓起背，故意让肚子收进去，双手摁住小腹部，眼露饥饿之光，鼻翼不停翕动，凶猛地嗅着周边，就像一只动物在极度饥饿的状态下正在四处觅食。没想回到家里的占堆，竟变得如此活泼、好动又可爱。

我实在笑不动了，空腹又缺氧，笑是需要力气的。

火一直在烤着，屋里渐渐暖和起来。水也烧开了。占堆泡了碗酥油茶给我，他说酥油真香，每次闻着酥油味，他便觉得好幸福。

我不敢说其实我并不喜欢酥油味，每次喝到胃里，总会翻江倒海般地反胃。但此刻的我，实在太饿了，端起碗就喝，如涌进一股暖流，身体瞬间变得充实、暖和，居然没有一点反胃的感觉。我记忆里的酥油味道，在此刻全然发生变化，我甚至怀疑，我的记忆是否出了差错。

占堆很开心："原来你也喜欢喝酥油茶？"

"喜欢。"我说。

但我并不想就此话题继续和占堆谈论下去，说多了总感觉自己在撒谎。不过，两个人喝着茶，总得聊点儿什么。

于是，我又想起那只流浪狗。我一直就想跟占堆聊聊那只狗。那只流浪狗，为躲避子弹，藏身五千多米高的经幡堆里……它，果真知道人是不会朝着经幡开枪的吗？不过是一只野狗，它真有这么聪明？

占堆说："狗有灵性，当然知道在藏地但凡经幡飘扬之处，皆有神灵居住，自古以来就没有人敢朝经幡开枪、敢去冒犯神灵。对流浪狗来说，发生目前的这种状况，经幡堆是它最后的避难所。"

"可是在那么高的经幡堆里，又冷又饿又缺氧，不知道它

逃往经幡

的生命还能维持多久？"

"听天由命吧。"占堆说。

"如果哪天它饿得不行跑下山来觅食，你们一定会打死它？"

占堆端起那只雕着花边的藏式高脚碗，喝进一口酥油茶，抹了抹嘴角，看了我一眼，说："我可以不对它开枪，但我不能保证我的同事不朝它开枪，打狗的任务还在进行。"

"总之，它必死无疑？"虽然，我很清楚我们都无能为力，但仍然心有不甘，为那只流浪狗感到惋惜。还想做一些最后的努力，看能否保住那条狗命。

如果没有能力去改变这个世界，那么，尽量让自己做到不作恶。我想，对于占堆来说，这已经是慈悲的第一步。

我忽然发现占堆的阿妈一直都在看着我们，当我的目光与她相遇时，我们相视一笑，但她迅速侧过脸去，不再看我们。反正她也听不懂我们说什么。我问占堆："你每天出门去执行任务，要打死那么多野狗，你阿妈知道吗？"

"她不知道。"占堆说，"要是她知道，一定会恨死我。"

沉默了一会儿，我说："明天我想返回鲁康噶那，买些吃的送去喂那只流浪狗。我怕万一它饿昏了头、忘记自己的危险，跑下山去就没命了。"

"它早晚都得死。"

"只要有食物，它就不会下山，就不会死。"

"你能喂它几天？"占堆不置可否地笑一笑，有点无奈，也有点"你就别闹了"的意味。或许在他看来，大局已定，我的那点儿慈悲心实在微不足道，不过妇人之仁。况且我不过是个游客，我还能在这儿待上几天？

可是，我的倔劲儿上来了："至少我在的这几天，我想去给它送吃的，它不会饿死，也不会跑下山来送死。"

"马上就要下雪了。"占堆没有直接反驳我，他的言外之意是，就算它不饿死、不跑下山来送死，也一样会被大雪冻死。

我可以为它送吃的，暂时让它脱离危险，但我不能阻止天降大雪。只要大雪封山，车和人都上不去。那只可怜的流浪狗还是活不长。我很清楚这一点。但，活不长也还是活着，总比立即死去要好。至少这几天雪还没下，我还是坚持第二天返回鲁康噶那山。

11

藏面做好了，满满一大锅。是厚实的面片和牛肉再加混浊的浓汤，有点像我以前吃过的安多面片。占堆母亲把它分成三碗。原来她也没吃，一直在等着占堆回家。

占堆说，每天早上出门，他母亲都要问他一句，晚上回不回来吃饭？只要占堆说回来，她就会一直等。如果有事回家晚了，他母亲也不催。她不会用手机，占堆以前给她买过一个，她从来不用。

三个人坐在一起吃面，占堆成了我们当中话最多的那个。他又要跟他母亲说话，又要陪我说话，还要把我们之间说的，翻译给对方听。

看得出来，占堆是个孝子。他对他的阿妈充满怜惜和敬重，还有一种深深的歉疚。他说他父亲走的那年，他才六岁，是他阿妈一个人含辛茹苦把他拉扯大。为了他，他阿妈一直就没再嫁人。

等他成年之后，有时候他的阿妈也会跟他开玩笑，说等他娶了媳妇，她就去嫁人，把这个家让给他和他媳妇住。这句半真半假的玩笑话，他母亲跟他说了十多年。占堆却一直

逃往经幡

保持单身。

三十多岁的占堆,在他阿妈的心里,早已经是个大龄青年了。占堆知道他阿妈天天都在为他着急。但这种事,着急也没用。

札达的女人们都喜欢往外面的世界跑,她们跑到拉萨,跑到内地,甚至跑到更远的地方去打工,顺便把自己嫁掉。而外面的女人却极少会嫁到这里来。札达这种地方,山里不长树,地里不长草,连鸟都不会在这里拉屎,除了土生土长在这里的人,谁会愿意来这里生活呢?

占堆说,他不离开这里的主要原因,是丢不下他的阿妈。也因为这个,他阿妈对他同样充满愧疚。

阿妈吃面的速度快到惊人,我还没吃下去一小半,她就已经把一大碗面吃个精光。她一直不拿正眼看我,但她一直都在看我,用眼睛的余光在对我进行上下左右扫描、小心翼翼地窥探,窥探之余,还时不时跟占堆说上几句,估计是在对我品头论足。她的好奇写在脸上。

吃完面的阿妈,又开始转动她手中的转经筒。仿佛她从来都不会让自己的双手闲下来,只要一有空,就开始晃转经筒。坐在一边的占堆,把他阿妈讲给他的一个故事转述给我听:

从前有一个人,通过自己的努力,终于从上帝那儿获得了生命,满怀喜悦地来到人间。他发现所有的生命,最终的去向是死亡,他感到非常懊悔和绝望。但是,他已经来到了人间,懊悔也没用,他已回不去。于是,得过且过,在人间苟活着。

有一天晚上,他按捺不住强烈的好奇心,忍不住偷偷掀开地皮,往里面看,居然看到密密麻麻地躺着无数逝者。他在无意中发现了这个巨大的秘密:所有来过人间的人,都躺在那里面。既然所有活过的人，最后都会躺在那儿，他也就认命了，心里找到了一种前所未有的平衡，不再懊悔和绝望，心安理得地过着日子，不再去考虑死亡这件事。

渐渐地他变得乐观起来，并爱上了这个世界，爱上了眼前的这份生活，对生命也拥有了一份更深切的了解。

后来有一次，他去天堂旅行，窥见了人们的灵魂。他才彻底醒悟，他掀开地皮所见到的那些逝者，不过是人们用过后被废弃了的身体和皮囊，真正的灵魂乐园在天堂。灵魂只有升到天堂，才可以获得永生。但是，你必须在人间先经受各种磨难、纠结、孤独、无聊……当他知晓了这个秘密以后，觉得自己能够在人间活一遭，也是非常值得的，就像多出来的一段生命历程。

他便在人间规规矩矩地生活着，或者说，他是在排队，期盼着有一天，也能够脱离这具身体和皮囊，让自己的灵魂升入永恒的、自由的天堂，得以永生。

当然，还得经过神的筛选。筛选的条件是：你要在人间生活着的时候，不停地积德行善，心中要有善的信仰……

占堆讲完了，看看他阿妈，又看了看我，说："我想你一定能够懂得我阿妈为什么总是对我讲这个故事。"

12

早上醒来，占堆不在家。他母亲给了我一张纸条，上面写着：

我要回单位开会，今天不能陪你了。我已请到年

逃往经幡

休假，明天开始可以陪你七天，带你去你想去的地方。

占堆的这个决定，让我既感动又愧疚。我的出现搅乱了他的正常工作和生活，给他增添了好多麻烦。但目前的我，也只能去麻烦他了。

既来之，则安之，随遇而安，听天由命——这是我在旅途中经常会遇到的状态。

占堆去开会了，要开一整天的会。我以为，这将会是沉闷无聊又漫长的一天。和占堆母亲又语言不通，完全没有办法交流。思忖着，我是该待在他家、打开电脑写点东西呢，还是独自一人溜出门去转悠。

意外的事情发生了。

占堆的母亲走过来，忽然用生硬、简单，但基本能听明白的汉语问我："你会开车吗？"

我吓了一大跳，不知所以地回答她："会。"

"那个车……，你会不会开？"

我顺着她手指的方向，在院子里看到一辆黑色的丰田4500越野车。

我对她点点头，说："会开。"

"好。"

占堆母亲欣喜地对我笑了笑，几乎是以神一般的速度，从大袖管里掏出来一把车钥匙，递给我，让我去开车。

这完全出乎我的预料，不知道她演的到底是哪一出，要我去哪儿，看她那表情，就像是要赶着去救火。

她一边对我解释，一边抱着个硬纸盒走到车旁边，示意我也赶快上车。我只得陪她上了车。她把硬纸盒打开让我看，里面全是一些煮熟了的肉骨头、香肠和大块大块的牛肉。

"你快开车，我们车上说，慢慢说——"

看着那一盒子肉食，我恍然大悟，她是想趁着占堆不在家，要我开车带她去鲁康噶那喂那只流浪狗。

那么，我和占堆说的话，她全听懂了？

她说，这么多年，占堆心里怎么想的、做了些什么事，她几乎全知道。占堆每次当着她的面，和他单位的领导、同事接听电话，有时候同事也会来她家里和占堆商量事情，为了防止她听懂，故意都用汉语交流。其实，她全都能听得懂。这些年来札达的游客越来越多，总有人向她问路的，跟她说话的，一来二去的，她也就学会了一些汉语交流。只是，她在占堆面前，一直都假装听不懂。这么多年来，她硬是瞒过了占堆。她知道占堆是怕她担心，不希望她心里有负担，只要是危险的、但必须要去执行的任务，他全都瞒着她。她也就假装被瞒住。不然，她就更加不知道占堆在外面干了些什么了。

"占堆被他们叫去打狗，已经快三个月了。"占堆母亲伸出三根手指头，吃力地比画着，"他被他们叫去的头一天，和他同事，两个人开车去，一天就打掉一百多只野狗。刚开始打，野狗多，打得也多，后来少下去了，狗少了，他们打得也少，前几天，他们说全打光了。三个月，也不知他们打了多少狗，我想，上千只都有的，都是命呐——"

占堆母亲认为，任何原因的杀生，都是在造孽。所有的业障，早晚都是要还的。这辈子不还，下辈子也要还。但她眼看着占堆出门去打狗，她知道这是去执行任务，她是阻止不了的。她除了躲在家里天天为儿子念经消业之外，一点办法也没有。

占堆母亲还对我竖起大拇指说："你是个大好人，心好，

逃往经幡

善良。昨晚上你和占堆在说那只流浪狗，我全听到了。"

我有点尴尬。好在，我和占堆并没有说什么见不得人的话。

13

车子经过札达土林，我不敢开快，想起占堆说过，在这条路上开车经常会出车祸，又想起满身都是血的老部，我踩油门的脚就开始发软。

昨天我拍过夕阳的地方，今天太阳刚刚升起来，远处连绵不绝的土林和昨天看到的景致又不一样。云雾缭绕、若隐若现，很是壮观。

我很想下车去，一个人去那里站一会儿，或者，坐下来发一会儿呆。但想着不应该把占堆母亲一个人丢在车上，就没停。

又一个急转弯，我看到昨晚上老部撞车的那个地方，那辆被撞歪了车身的货车，不知什么时候已经被人拖走，现场也被清理得干干净净，没有留下任何车祸的痕迹。

昨晚的那一幕，仿佛从不曾发生。

我很想把昨晚发生在这里的车祸，告诉占堆母亲，但想想还是算了。解释起来太麻烦。毕竟跟占堆母亲说话，你还是得注意措辞，有些句子不能说得太长，要拆成简单的短句，生僻的词语也要进行置换，总之，你要把一件复杂的事情完全说透、说明白，还是得找最简单、易懂的词语来组成句子。

从札达开到鲁康噶那达坂，其实不算太远。一刻不停地开，两个多小时就到了。但昨天和占堆从这里开回札达，却感觉开了好久好久，可能是我们在半路还救了老部，一起经历了一场生死，感觉时间被无端地拉长了。

两个多小时在路上，我们谁也没有怀疑过那只狗会不在场，就好像去看一个知根知底的老朋友，相信他一定会在我们约好的地方等着我们。

14

我把车子停在经幡边上。

没有任何悬念，我一打开车门，那只流浪狗便从经幡里摇着尾巴快步跑出来。我们昨天才分开，今天就又见面了。它像见到了熟悉已久的同类那样，猛地直立起来，两只前爪搭在我胳膊上，我们像好朋友见面那样，互相拥抱了一下。

在五千多米高的山上，风从来都是凛冽的，一分一秒都不会静止。

占堆母亲抱着纸箱弯着腰，山风吹起她灰褐色的拖地藏袍，我看见她的面容感激涕零又虔诚。仿佛那只幸存的流浪狗，不是狗本身，而是一尊神的化身，是她为儿子获得赦免和救赎的唯一途径。

我们打开纸箱，把肉骨头、牛肉和香肠，一样一样地摆出来。

流浪狗摇着尾巴，优雅而从容地享用着它的美餐。

我是一个俗人，俗人免不了会被一些事物所感动，又想把它记录下来。于是，我拿出相机，再次拍下经幡，拍下占堆母亲喂狗的瞬间。

占堆母亲一直在跟狗说话。说的当然全是藏语。我完全听不懂。估计那只狗能听懂。虽然它不会开口说人话，但它在藏地出生，又在藏地长大，听藏人说话听多了，估计也就能够听懂了。

埋头吃了好一会儿的流浪狗，终于吃饱了。剩下吃不完

逃往经幡

的那些肉和骨头，被它一块一块地叼走，藏到经幡深处。占堆母亲那样欣慰又感激地看着流浪狗，仿佛此刻，她已经获得了别样的赦免。

大概半小时后，我们跟流浪狗告别。

我说："我们该走啦，下次有机会再来看你。"但不知下次在何时，还会不会有下一次，从我的家乡到这里，差不多一万公里。

这回我已相信，流浪狗它真的不会离开经幡，绝对不会。它可能会饿死，也可能会有一天被冻死，但它绝不会被人打死。只要不被人一枪打死，它总有办法活下去，它那么有灵性。而且，四处流浪的狗命，总比人命要贱，它们一年四季在外面风餐露宿惯了，说不定熬一熬，冬天就熬过去了。只要熬过这个冬天，它就不会冻死。

它把没吃完的香肠和肉骨头放在一起，那么用心地藏在经幡下，又围绕着属于它的这一堆食物，摇晃着尾巴前后左右打转，看得我心里酸酸的。

离去时，我朝它挥手，它又追过来，蹭蹭我的裤腿，又用嘴咬着占堆母亲的藏袍，依依不舍的样子。那是它和我们告别的一种方式。

车子离开经幡，占堆母亲和我都像完成了一件伟大的使命那样，既轻松又愉悦。

占堆母亲说："今天的事，我们都不说给占堆。"

"好，不说。"

"真的不和他说，不然他要担心的。"占堆母亲叮嘱又叮嘱。

"保证不说。"我们相视一笑。

一起瞒过占堆去喂流浪狗这件事，成了我们两个女人之间共同的秘密，它让我们瞬间变成同谋。我甚至还有点小小的得意，觉得我帮她老人家圆了一个赎罪的心愿。

15

我们顺利回到家，离占堆下班的时间，还绰绰有余。我把车子停在原来的位置上，看起来像没有被人动过。

占堆母亲问我晚上想吃点什么，刚一问完，她就有点不好意思地笑起来。她的意思是，难道你想吃什么、我就能做出什么来吗？问也是白问。在这连草都不长的土林里，还能变出什么好吃的东西来？

我说："你做的藏面就很好吃，比任何菜肴都要美味。"

"谁信？"她笑着说，"但我也只会做做藏面。"

我知道这种奉承人的话，她不会全信，但听到夸赞，她还是开心的，看她眉眼之间满足又愉悦的笑就知道。

听到有车轮轧地的声音，占堆母亲小着声对我说一句："他回来了"之后，便果断切换频道，再不说半句汉语。

占堆将警车停好，小跑着进来，他那样着急地想要回到家里，脸上洋溢着孩子般快乐的笑容。

他母亲嗔怪地看他一眼，跟他嘀咕了一句不知什么话。占堆大笑。

他翻译给我听。他母亲说，他跟她过了三十多年，也没见他这么高兴过，今天还跑着进门，是中邪了，还是因为家里多了个女人？

占堆有点羞涩，说他母亲居然也会有嫉妒心。

我被他逗乐。心想，他不知无论他用藏语还是汉语，他说的每一句话，他母亲都听得懂。但我又不好去打断他，连暗示他也不行。我答应要替占堆母亲守住这个秘密。

逃往经幡

占堆分别用两种语言告诉我和他母亲，他开心的原因，是他终于可以自由了，今天开完会，他领导批准了他七天假期！

他夸张地说："我一定要好好珍惜这七天，珍惜我生命中最宝贵的短暂的自由。"

自由多好，看把占堆乐成这样。虽然七天的自由之后，他还是得回归到不自由的环境里去，但总好过没有。

大家都心照不宣，谁都没有提那只流浪狗。

占堆母亲很快做好了三碗藏面，和昨晚上的居然一模一样，简直分毫不差！无论是牛肉，还是面条的数量，就连汤汁的浓稠度都没变！吃进嘴里的味道当然也一模一样。盛面的碗也是昨晚的那三只。我不知道她是怎么做到如此精确的程度的，简直可以用"出神入化"来形容。

虽然，我并没有昨晚上那么饿，但我还是拼着命把它吃完了，直吃到撑。当然还是要夸赞一句："真的很好吃。"

占堆立即向他母亲翻译："她刚刚是说，你做的面很好吃。"

占堆母亲假装在占堆翻译之后才听明白，恍然又欣然地冲我笑一笑，竖起大拇指，夸我真会说话。

守着同一个秘密、互为同谋的感觉，让我们之间显得格外亲近。

16

饭后，占堆母亲在家收拾，我和占堆出去散步。

我望了望天空，不知道今晚是否有星星。

占堆说："除了下雨，这里夜夜都可以看到星星。"

"下雨天多吗？"

"这里哪会有雨？一年到头也下不了一两回。"

"难怪这么干。"

"如果像江南雨水那般充足，这里的土林早融化了，不会亿万年都不倒，你看它们长得比石头还坚硬。"

"也是，每个地方的气候不同，景色也不同。"

"人也不一样。"

"哪里不一样了？"我笑着问。

"太多不一样啊，你看你，细皮嫩肉的。你再看看我，脸和手都像被石头打磨过。"

"哪有这么夸张？"

"还有，你们多自由啊，想来就来，想去就去，想飞出国都行。我们就只能窝在这里，哪儿都去不了。"

"你们有蓝天白云，夜里还可以看到美丽的星空。而生活在城里的我们，都已经渐渐忘记蓝天白云长啥样了，好多人甚至都不记得夜空中居然还可以长出星星来，连呼吸都困难，因为空气里全是灰霾。"

我所说的，句句属实，但是在这个蛮荒之地说出来，却感觉自己像是在撒谎，显得无比矫情。

"可是，光是看着蓝天、白云和星星，是活不下去的呀，我们要吃饭、要穿衣服、要花钱，还想要学你们城里人那样，活得体面一些，而我们的前途却是一片黑暗。"

"那我们交换？你去城里住，给你钱花，给你吃的，给你穿的，但，每天醒来你都看不见蓝天，看不见白云，也没有干净的空气和清爽的风……总之，睁眼不见天日，你去还是不去？"

"这么严重？让我想一想。"占堆假装很认真地低下头去思考，然后，他郑重其事地对我说："经过考虑，我还是不去了吧。"

逃往经幡

"为什么?"

"因为，我要留下来陪我阿妈。要是让她也住城里去，我想用不了几天，她就会得病，一天到晚跟人说不上半句话，我想她就算不生病，也会被憋死。"

我差点就要告诉他，他阿妈不仅听得懂汉语，还会简单说几句，与人交流一点问题都没有。但，想了想，还是忍回去。我得尊重一位母亲的苦口婆心，我得遵守两个女人之间的诺言。

17

我们散着步，不知不觉到了托林寺。

托林寺坐落在札达境内，紧邻象泉河，是阿里地区最古老的一座寺庙。始建于北宋时期。在古格王国十一世纪初期，由古格王益西沃下令修建而成。由于古格王朝大力兴佛，托林寺又是阿里地区的第一座寺庙，它逐渐成了当时的佛教中心。几百年来，托林寺虽然历经各种自然灾害和人为的破坏，但至今仍然殿宇林立，佛塔高耸。

我们绕着托林寺散步，自然而然地沿着顺时针方向转，就如圣徒转佛塔。

托林寺也被称为"飞翔寺"，"托林"在藏语里的意思，即为"飞翔在空中、永不坠落之意"。想必来这座寺庙朝圣的人一定很多。

占堆说，他阿妈以前天天都来托林寺转经，转累了就在寺庙边上坐下来休息。也会有一些老阿妈在这里转经，她们都会在这里休息，坐在一起聊聊家常，然后一起转佛塔，或者一起走回家。但这几年，她们都不怎么来了。

"为什么?"我不禁问占堆。

"阿妈说，现在的佛门已不比以前了，住在寺庙里的那些僧人和以前的也都很不相同。"

"那些僧人变了吗?"

"不说也罢。"

感觉占堆的声音如有鱼刺在喉，听起来含糊不清。清亮亮的月光下，只见占堆蹙着眉，表情十分遥远和复杂。

夜空中已布满星星，但是还没有到最闪亮的时候。星空遥远而又渺茫。经过一百零八座古塔，每一座都千疮百孔、残破不堪。要不是占堆告诉我这里就是古老的塔林，我还以为只是形态各异的小土堆。

有些经幡依附在残墙上，有些经幡耷拉在泥地上，在夜风中浮动飘移，仿佛有无数的小生灵在地上奔跑，欲振翅高飞，却只弹跳或抖动几下，再次依附于地。经幡被长长的绳索串起，固定于地面两端，没有往高处悬挂。它们坠落于地面，只在地上扑腾翻转，不时发出拍击地面的声响。哪怕再大的风，也给不了它们飞翔的力量，

我们从塔群间走过，深感诡异无常、满心萧瑟。不知道长眠于佛塔里的灵魂，是否早已长了翅膀，飞翔在另一个时空。遨游在天堂的它们，可曾看见千百年后的托林寺，他们曾经寄居过的地方?

在塔群最东边，屹立着一座"佛陀天降塔"。塔尖高耸入云，四面设有天梯。星光、月光和寺庙门前的灯光照亮了天梯。一级级台阶往天空方向倾斜，就如古埃及那些法老们修建的金字塔，也有一级级伸向天空的台阶，并想以此通往天堂。

看上去，通往天堂的阶梯和我们小区的楼梯形状也并没什么两样，只是材质不同。我们用的是木头，或者用水泥钢筋浇筑，但是在修建这座佛塔的年代里，还没有水泥和钢筋这两种

逃往经幡

材料。阿里也没有树。生活在这里的人，从没见过树，不知道树长什么模样。在这片蛮荒之地，除了一座座拔地而起的雪山和连绵不绝的土林，人是最高个子的生物。而木头，如果要从遥远的地方运进来，估计成本会太高。因此，天梯的材料都是泥巴，泥巴里掺和着浓郁的酥油。

记得有位佛教徒曾经这么跟我说："泥巴是人间才有的东西，天堂里不生产泥巴，也不允许把泥巴带入天堂。"

那么，作为天梯的泥巴之身，是否就像一个人的肉身，它只在人间承担一种过渡。当灵魂脱离肉身，便可轻若虚无，直飞天堂。天梯和肉身，在这里，也不过是一种象征和形式。

寺庙里有光，灯光和烛光交织。

占堆说，白天买了门票进来的圣徒，会来这里点上一盏灯。灯分大小两种，小的每盏十块，大的每盏二十块，点得多也可以跟僧人讨价还价。

而此刻，庙门已紧闭，那些人早已下班，不再营业。

我忽然很想推门进去，看看古老的壁画，看看守着古老的文物，看看一边念着经修行，一边又在谋着利的所谓的僧人。不知为何，我总觉着这些人，一脚在佛门，一脚在红尘，进退自如。

占堆说："人还是不要太有好奇心，不如用心看星星。"

18

满天的繁星已经到了最闪亮的时刻。我不断叹息，遗憾出门时没带相机。用手机根本拍不出这份至美。

为了不让我留遗憾，静默着的占堆忽然像受到某种激情的牵引，拉起我就往回跑。我对这里的路不熟，又是在晚上，只得跟着他没命地跑，像是在抢时间。

他一边跑一边说："我们要快一点，你回去取相机，我去开车。我跟你说过的，我要带你去一个地方。我相信，只要你看过那儿的星空，你肯定一辈子都不会忘记。"

"要开车去吗？在哪儿？远不远？"我一边跟着他狂奔，一边喘着粗气，只觉得呼吸困难，气喘吁吁。在这严重缺氧的夜晚，我好担心自己一口气顺不过来，随时进入休克，或者，直接窒息而死。

但占堆并没有把脚步放慢，只顾着拖着我一路往前冲，感觉两个人的身体就要在夜里飞起来。我毕竟体力不支，大口喘气。可能占堆忘了，他自己在这里土生土长，又是一个受过特殊体能训练的警察，而我，身体再棒也还是受不了在高原上这般剧烈狂奔。

我几次对他说，我实在跑不动了，再这么跑下去我会没命的。他就是不停。

"你先别说话，说话也会透支体力，你再坚持一下，马上就到了。待会儿我开车的时候，你就在车上休息。你给我半小时，相信我，我一定会带给你一个巨大的惊喜。"

我们冲锋一样冲进他的家，我摁着跑得酸疼的腰部，回屋取了相机就跑，根本来不及跟占堆母亲告别。

占堆已把车发动起来，我一跳上车，他就把车开得像火箭，直接从院门射出去。我软塌塌地倒在副驾座上，不断喘气、调息，剧烈的心跳过了好久才平稳下来。差点儿连小命都丢了。

占堆一路猛踩油门，车速不断加快。车子在土林里绕来弯去，每一个急转弯都发出急刹时轮胎与地面剧烈摩擦和强力轰油门的声音，仿佛电影里才有的特技表演。他竟然还有点得意地吹起了口哨。

方向盘在他手里，我也管不了那么多，只把生死安危全盘托出，交与他手上。有几处急转弯，我不得不紧扶把手，惊出一身汗。

半小时之后，我们到达目的地——古格。

19

十年前，我到过此地，是在白天。我怎么也不会想到，十年后的这个夜晚，占堆竟又奇迹般地把我引领至此。

七百多年前一夜间消失的古格王朝，一直就像谜一般存在于札达，成为后人探索的巨大的遗址。但我想，没有人会在天黑之后到达古格。

这真是一个奇异的夜晚。

犹记十年前，我们几辆越野车经过札达土林的时候，有一段路突然塌陷，只听得轰隆隆一声巨响，前方一股泥石流如水般冲泻而下。另外一辆越野车里坐着一对美国情侣。我们所有人都默默下车，没有人惊叫，没有人说话，那对情侣紧紧抱在一起。我独自一人站在路边，脑子里一片空白。

等山崩地裂的声音完全过去之后，我们庆幸我们还活着，劫后余生的感觉让我们感激涕零。要是油门稍稍踩快一些，可能就被埋在泥石下面了。虽然前方的路塌了，车子过不去，但总比过去了回不来要好。

后来我们绕道而行，历尽重重艰难，才到达古格。

到达古格那会儿，正逢夕阳如血，我止不住热泪盈眶。而那对美国情侣，女的双膝一软，突然便跪倒在地。但她不是佛教徒，也不像藏族人那样五体投地。她只是忍不住下跪，双手抱头，久久地伏在地上，一动不动。她的男朋友，不知是为了劫后余生的感动，还是出于对这片神奇的土地的膜拜，在古格的古战场上一直大喊，一路狂奔，直至用尽最后一点力气。我看着他喊着、叫着，跑啊跑，最后，没有了力气，猛然倒在地上，仰面朝天，像一棵圣诞树那样平铺在古战场上，真是很奇怪的感觉。

十年后的这个夜晚，我重又站在这片谜一样的遗址上，繁星如雪花般，纷纷飘满夜空。闪烁的银河系，就悬于我的头顶上方，仿佛每一粒星星只要你一伸手即可摘到。

再一次，为之震撼；再一次，热泪盈眶。

虽然带了相机，但出门时太过匆忙，还是忘了带上三脚架，星空仍然拍不出来。不过，我已不觉得遗憾。很多至美的事物，它只能在你内心深处停留，而非定格在镜头里。

我索性把相机扔回车，放弃了拍照，专心看满天星辰闪烁，看群星照耀下的诡异而雄伟的古格。

夜幕下的古格，直冲云霄，如巨人般伟岸而又孤独，依然保持着君临天下的王者气势。

据说在十三到十五世纪，古格王国已达到军事、政治、经济、宗教、文化并举的繁荣时期，到了十六世纪，古格王国就已进入鼎盛时期。当时古格在泽德王统治下，疆土范围非常大，人口总共有数十万之多。

那时的古格王国，洋溢着浓郁的文艺气息，被称之为"东方的佛罗伦萨"。众多的艺匠纷纷从各地来到古格，他们留给后世最为璀璨的旷世佳作，就是古格壁画。现在的我们，仍然可以通过这些残存的古格壁画，了解到当年的古格王宫歌舞升平的繁华盛况。壁画中的王室和贵族们身着华丽的衣裳，过着丰衣足食的富裕生活……

然而，盛极而衰，似乎是所有王朝注定的宿命。

逃往经幡

古格也不例外。

古格王国是宗教的复兴重地，"弘扬佛法，以教辅国"的国策，贯穿了古格王国七百多年的历史。十五世纪，古格的佛法也进入鼎盛时期。佛教的兴盛已经影响到了生产力的发展。据说在公元1624年，两名天主教神父翻越了5700米高的马拉山口，从印度来到古格，受到古格王的礼遇。

也就是在那年，有人传说古格王要改变自己的宗教信仰，而大力支持天主教，从而导致兄弟之间反目成仇，古格最终走向灭亡。

但是，细究起来，这个原因终究是靠不住的。据记载，从葡萄牙过来的那两位传教士，在阿里待的时间很短，他们听不懂藏语，更不懂用藏语去交流。而古格国王也不懂葡萄牙语和英语，甚至完全看不懂圣经。再说，当时佛教的势力在西藏已经根深蒂固。让一个堂堂的古格王，在跟天主教传教士没法沟通和交流的状况下，决定扔掉自己的宗教信仰，然后率领臣民们去重新信仰一个新的宗教，这几乎不可能，也不可信。

然而就在那个时候，暴动开始了。公元1630年，古格王国一夜间消亡，十万人不知去向。一个存在了七百多年的王朝，一座曾经拥有繁荣辉煌的古城堡，奇迹般变成了一座悲伤之城。

20

古堆说，他小时候经常跟父亲来这里，不止一次地听他父亲讲古格王国的历史和传说，各种版本的都有，但他当时年幼，记不住，也理解不了。不过有一件事，经过他父亲多次重复，他硬是记在了心里：古格王朝消亡的根本性原因，不是别的，是古格人对宗教信仰产生了动摇。就如苏联的解体并非经济原因而造成一样，古格王朝消亡的根本性原因正是人们不再去相信神灵，所有人的心里都没有了信仰，社会也就失去了统一的价值观。

虽然，他一直记得这件事，但仍然难以理解。长大后的占堆，渐渐拥有了独立思考的能力。他经常会想起他父亲的这些观点，并且默默认同。

可惜的是，当他还未学会真正去理解一些人与事的时候，他父亲就在一次意外事故中死亡。父亲的死，像一个悬而未决的谜语。那时候的他，仍然不能去深刻探知。

有时候，他会觉得他父亲的死并非意外，而是跟他父亲的观念有关。他父亲那时是县委副书记，被选举当县委书记的时候，几乎全票通过，但就在这个时候，有人站出来告发，说他父亲的思想不够健康，有反动倾向。上头立即派了工作组的人过来调查，找他父亲进行了几次深刻的谈话，调查来调查去，最后也没调查出个什么结果，却在接受调查的最后一个晚上，意外地死在县城外的土林里，从高处坠落致死。没有人知道他真正的死因。

占堆无数次地和他母亲一起，回忆起那天的情景，他母亲也说他父亲绝对不可能自己从高处坠落下去，那天他父亲根本就没有喝酒。因此，酒后失足的可能性也可以排除在外。占堆认为父亲的死，很有可能是遭人暗算。但到底是谁下的毒手，他们为什么要这么干？占堆和他母亲一直不得其解，直至今天，仍然没有一丝线索，也没有证据。

时过境迁，往者不可追回。二十多年后的占堆，自己当了警察，也还是没有能力和办法去为父亲莫名其妙的死亡继续做追踪调查。

听完占堆父亲离奇诡异的死亡和古格在一夜间消亡的历史故事，当我再次抬头仰望天空的时候，忽然觉得这个布满星星的夜晚如此巫幻森森，血雨腥风犹在身畔，嘶吼杀戮之声不绝于耳。无论个体还是国家，无论现实还是历史，都暗藏着太多不为人知的秘密，那些秘密又暗藏于无数曾经来过这个世界的平凡人的平凡生活之中，芸芸众生就在这藏匿着无尽秘密的无数个生活的角落与细节里，悲欢荣辱，生死忧患。

21

占堆带着我走在古格的残垣断壁之间，他对这里熟门熟路，犹如进入自家院落。而我，走得心神恍惚、战战兢兢。无论星星多么闪亮，把这座陷落的城池照得如同白昼，但，毕竟是在夜里，我们在夜游古格，担心着一不小心就会撞见神灵，或者和它们擦身而过。

我屏住呼吸，夜晚魅幻而神秘，远古时代的气息扑面而来。我仿佛看见七百多年前的人们在这里交头接耳，进进出出，或欢笑或悲伤，或哭泣或仰面长啸……我注视着与他们相关的每一个细节，他们居住的洞穴、他们繁重的头饰、他们身上衣裳的质地、他们的信仰和执念、他们的智慧和勇气、他们的贪婪和无知、他们握于手中或藏于瓦罐的银币、他们拥有的爱情、他们面对的恩怨情仇、他们的生老病死、他们的悲欢离合……无数的细节，构成了他们的生活，也构成历史。那些日子已经成为过去，永不再重演，但它们的气息仍聚集在此，在空中飘荡，在古格四周弥漫扩散，悲情漫漫。

我们奋力往上爬，猫着腰先后穿过一个狭长的石洞，终于爬到红殿。

红殿是古格城堡的最高处，也是最高权位者的居住之地。离地差不多有十六层楼的高度。此刻的我和占堆，就站在红殿之外。大门紧闭着，殿门外有经幡堆，经幡在风中猎猎作响，像日夜守卫在殿门外的将军的影子。

我不敢多看，也不敢过于想象。莫名地有一种畏惧心理。要不是占堆带我来到这里，哪怕借我十个豹子胆，我也断然不敢在这个深夜独自一人跑来此处。

我不断暗示并安慰自己，我此刻经过的地方，只不过是一片荒芜已久的废墟，屋里屋外空空荡荡，曾经的刀光剑影和腥风血雨都不复存在。就算还残留着某种诡异的气息和驱之不散的阴魂，也不必害怕，身边就有一个正气凛然的警察跟着我，他就是我此刻的保护神。

闪耀的星光下，我四处张望，古格遗址虽已遭受破坏，只剩下残垣断壁，但通过身边的朱门铁环、残破而依然耸立的高墙，昔日繁华的景象触目可及。

可是殿门紧锁，我们不能入内。也不敢进去。怕惊扰到聚集在此的阴魂。总觉得那些曾在此处居住过的灵魂，仍然在此居住着、游荡着，它们栖身在殿内、在每一个可以寄身的洞穴中、在我们的转身之处，或者，就在我们眼前，正与我们擦肩而过……

夜深风高，又在海拔五千多米的高处，不知是因为寒冷，还是发自内心的一种莫名的害怕，我浑身打着战。话也不敢多说，怕说话会消耗体内的能量，而且话一说出口，立即被大风刮走，对方根本就听不见，说也是白说。除非你扯着喉咙喊。但在这片遗址上大声喊叫，显然很不敬。因此，我和占堆都没再说话。

风实在太大，看了会儿星空，根本找不到有什么词可以来

逃往经幡

形容这份大美。只得默默地，用眼睛看着，也用心看着，铭记在心底，在往后时间的深处，可以一次次地翻出来慢慢咀嚼，慢慢消化。

脖子仰到酸疼。我转了个身，强劲的风似乎欲趁机把我刮走。占堆走过来，把他的大外套披在我身上。出门时我就里三层外三层又裹着厚厚的羽绒服，现在又披上占堆的大外套，感觉自己裹得就像一座屹然不倒的巨塔，转动身体都很艰难，但身体迅速暖和起来。

而脱了外套的占堆，嘴里说着不冷，双手却不停地在互相揉搓取暖。心里一阵感动。想着自己不知哪一世积下的福德，每次出远门，总能逢凶化吉，遇着那么多好人。占堆一定会着凉。我把衣服还给他，他却死活不要，说他这几天的使命就是保护好我，千万不能让我在他管辖的这片土地上感冒或者生病，这样他会很没面子。

说完，他只顾着朝前方走去，自个儿绕过红殿，走向别处。凶猛的夜风拉扯着他，也拉扯着我。我们都在风中摇摇欲坠。说不上来为什么，突然有一股情绪冲上来，让我有种想哭的感觉。

我讨厌自己被情绪控制。在这种时刻无端落泪，多么不合时宜。我决定离开此地。

赶紧离开。

夜越来越冷，风也越来越大。无论如何，我们都不能着凉，也不能病倒。不然，怎么去传说中的穹隆银城。

我所抵达的古格遗址距今已有七百多年，而穹隆银城的遗址却有三千多年的历史，曾经有着最古老的象雄文化，和我们这一代人再也看不懂的象雄文字。在我心里，穹隆银城比起古格，更是谜中之谜，也更像一个传说，一次又一次地激起我前往的勇气和好奇心。

占堆在这片土地上生活了三十多年，居然也和我一样，从未到过穹隆银城，只是隐约听人说起。

阿里在西藏的西部，穹隆银城在阿里的西部。由于地处偏僻，路途遥远，已经荒芜了几千年，几乎没人会到那里。绝大多数走进阿里来探险的旅行者，他们也都只知道有个"古格遗址"，却并不知晓在阿里的西部还有一个神秘的遗址，叫"穹隆银城"。

22

回去的路上，占堆把车开得很慢，仿佛闲庭信步。我们有一搭没一搭地说着话，谈论着古格和穹隆的命运何以都是盛极而衰。为何"阿里"会被人称之为"阿里"，"古格"又被称之为"古格"，"穹隆"又何以被命名为"穹隆"……

占堆说，这三个地名其实都有深厚的渊源和来历，他正欲向我一一道来，却突然一个紧急刹车，我们同时看到一颗闪亮耀眼的流星从眼前急速划过，流星距离我们实在太近，仿佛你不刹车，它就会迅速撞上来。如果此时此刻，我们把车窗摇下去，我甚至怀疑都能够听到它划破天空的声音。

也就一眨眼，流星消逝。划过的痕迹依稀还在。我们如梦初醒般，从惊愕中回过神来。

占堆问我："你许愿了吗，刚才？"

"没有。你呢？"

"我也没有。"

"我们都来不及。"

"是啊，很多事情来得猝不及防，又稍纵即逝，连思考的

逃往经幡

时间都没有，就自行结束了。"

占堆的话里饱含日常生活的哲理和经验，在古格遗址的星空下听起来很有点宿命的意味。

继续流星之前的谈论。

占堆认为，古格并非如外界所传，是"一夜之间消失"的。

在札达县的县志里这样记载着：古格消亡的原因，是1630年与古格同宗的西部临族拉达克人向古格发动了入侵战争。当时的拉达克人由卫星城逼近古格王宫，并准备攻下古格城，但是他们很快发现古格王宫建造得固若金汤，拥有三重防御系统，并有充足的水和食物储备。拉达克人全力以赴攻城，几个月过去，还是攻克不下。

他们就想出另外的计谋，武力迫使周边的百姓去两公里以外的地方背石头，并用这些石头在王宫东面的山坡上砌起一座与山等高的石墙。如今这堵石墙，仍然在原地保留着。这是拉达克人采用的一种心理战术。他们让古格国王每天都看着自己的百姓被当牲口一样奴役，巨大锋利的石块，甚至把老百姓的背部磨出森森白骨，惨叫声持续不断、痛彻心扉。

终于有一天，慈悲的古格国王于心不忍，为了拯救在水深火热中受苦受难的老百姓，他一手托着金碟，另一只手托着银碟，离开宫殿，缓慢地走下台阶，决定向拉达克人投降。

在藏史里，还有一段文字是这样描述的：拉达克人占领了古格王朝后，古格国王的嫔妃和一些贵族妇人，是被拉达克人从高耸入云的宫顶直接扔出去摔死的。当时的古格妇女穿着拖地衣裙，身挽披肩，从古格的宫顶，也就是我们晚上站在那里看星空的最高点，差不多相当于十六层高的高楼，直接被拉达克士兵们扔下去。女人的衣裙五彩缤纷，飘然而降，看起来像是一只又一只飞翔的彩色的鸟儿。陷于胜利的狂欢而完全失去人性的拉达克人连称"好看""好玩""再扔一个"……

更骇人的场景，是在古格遗址下面的那个"干尸洞"。"干尸洞"，也叫"万人坑"，在那个暗无天日的洞穴里，一层又一层堆积着的均为无头尸体。可以想见，当时的拉达克人在战争结束之后，一个个割下俘虏的头颅，带回去喂养功名的残酷、惨烈的场面。

在藏族文献的记载中，有古格曾有"十万之众"之说，可是，如今的札达县却只有六千人左右。

后来拉达克人被一位蒙古将军甘丹才旺赶走，阿里被纳入噶尔县政府管辖。"噶尔"，意为"军事营地"，显示着当时牧业文明的渗透。这与古格原有的农业文明产生冲突。古格人慢慢迁走，古格文明也逐渐褪色，后来又经过几次战乱，在十八世纪之前的藏族文献里，几乎已经难寻古格人的踪迹。

每一个老人的离世，就带走一页历史，成千上万页的历史，就这样渐渐消失，趋于无痕。

23

那么，真正的古格后裔都去了哪儿？

据说在古格遗址不远处，有一座村庄叫"扎布让"。村里有三十四户人家，大都是古格后裔。他们大都是从二十世纪七十年代才搬来此处，但是，没有人知道他们具体从哪儿搬过来。还听说，在札达县边境有一个叫"萨让"的地方，也有古格后裔。有一位小伙子，自称他的祖辈就是从古格逃亡过去的。那小伙子说，他家里还有两部当时带走的经书，用金粉、银粉书写，重得很，两匹马都驮不动。经书里有记载，他是松赞干布的最后一个后裔。

像这样未经证实的传言还有很多。比如"古格十三发现"中，包括淘金、冶炼、制陶、纺织等等，这些工艺在古格后裔间代代相传。最有代表性的是古格王宫壁画中见到的"玄"舞。"玄"舞一般只在重大节日和重大庆典的时候才跳。跳"玄"舞的歌词内容是固定的，都是有关世界形成、物种起源、风雨雷电等自然现象的一系列解释。歌舞由十三大段组成，男女二队各十六个人，可演唱整整一天。

古老的"玄"，有一套独特的保存方法。"谐本"，即歌师，为世家代代相传。除了口口相传的歌词以外，他们还负责保存古老的服装和道具。

但是在现实生活中，会跳"玄"舞的人已经很少了。

在托林村，据说有一位老太太叫大卓嘎，她就是这种舞蹈的传承人。在每次过藏历年或旺果节等节日时，她会带领其他女孩在村里的空地上跳"玄"。跳这种"玄"，至少要有四个人牵手交臂、踏地起舞，就如古格壁画里所描绘的景象。她们在跳舞时，会唱起在阿里地区流传了几千年的古老的歌谣：

> 太阳普照全世界，
> 托林寺的四面墙，
> 直得像剑一样。
> 家有父母，
> 寺有喇嘛，
> 生活在托林寺下的人们多么幸福
> ……

有人说，这种歌舞，也只有古格后裔才会跳，而且跳得那么传神。但谁也不知道，大卓嘎老太太是不是就是古格后裔。

占堆说，这首歌他阿妈也会唱。他小时候经常听。但他阿妈不会跳"玄"。后来渐渐地也就不唱了。可能是在他父亲过世之后，他阿妈觉得再没有人能听得懂她了。

"你见过有人跳玄吗?"我问占堆。

"小时候见过。"占堆说，"但我所见的玄，都是经过后人改编的。传统的玄应该是出自古格宫廷的十三段，我曾经在底雅乡见过。跳玄时，要戴上繁重的头饰，羞答答地遮住眼睛，穿起竖格图案的古格披风。从玄的流传信息来看，我认为底雅等边境地带，才是古格人的聚居之地，是古格人在王国灭亡之后的一个主要去向。当然，还有太多的未解之谜，我也说不清楚，需要以后有人去这些边境地带深入找寻和探索。在阿里与印度、克什米尔地区、尼泊尔的边境线上，有着五十七处通往外部世界的山口，这些文化纽带至今都没有切断……"

24

占堆的祖辈也曾与拉达克人通过商，每次一去就是大半年。他们在秋天的时候，把这边的盐巴带到边境去，经过一个冬天的大雪封山，春天雪融时才能带到拉达克。而拉达克商人，则会在夏天的时候过来，他们把剪下的山羊毛带进阿里。阿里的羊绒，就是原来被称作"开司米"的东西，在欧洲是抢手货，形成一条横跨亚欧的"羊毛之路"。

他们之间的经商方式也非常独特，祖祖辈辈"一对一"，即一个西藏商人只和固定的一户拉达克商人做生意。他们会各自把一根牛皮绳子拴在腰间，象征着两家人在生意上的合作关系。

跳往经幡

若是在某一天两家发生了不可调和的冲突，其中一方就会到引起冲突那一方家中，把绳子拴在他家门上，然后在众目睽睽之下，将那根绳子剪断，两家的生意合作就意味着到此为止。

如果不是特殊的难以解决的冲突，一般经过世世代代建立起来的信任，谁都不愿意去轻易切断。如果遇到一方付款有困难，另一方也可以让其延缓一段时间。贵重的货物哪怕存放在对方家里好几年，大家也都很放心。

占堆说，他的爷爷有个朋友，至死都惦念着一件事。那个老人曾经从拉达克人家里拿过来一个"苟"。"苟"是盛放藏族人灵魂和责任象征物的首饰，是当时极为贵重的物品。

一个"苟"，大概与当时十九头牦牛的价值相当。但后来，由于各种原因，一直都没能还上。而老人已死，在临终那一刻，老人手里还紧紧握着那个"苟"，一息尚存，死不瞑目。直至他的一个儿子跪在地上，大声对着老人说："阿爸，你就安心地走吧，我答应你，一定会去找到那家拉达克人，把苟给人家还回去……"老人才放心地把眼睛合上。

某晚，我查字典，"苟"在汉语里是"如果""假使""马虎""随便"等意思。但是在藏族人那里，却是一种用来盛放灵魂的宝贵物品，而且，极其庄重与神圣，一点也容不得马虎和随便。

25

至于阿里的来历，占堆说，在吉德尼玛衮统领这片象雄故土之后，这里才被正式命名为"阿里"。阿里在藏语里即为"属地"或"领土"之意。

占堆笑着说："我现在就在管辖这片领土。"

"明天你就要离开你的领土了，由我带领你去往我的属地，寂寞了三千年的穹隆银城，暂时归我管辖。"我故意说得极认真。

占堆大笑。

穹隆遗址比古格遗址还要荒芜，那儿僻远、闭塞，无人涉足。山高皇帝远，是一个连法律和死亡都找不到的地方。索性带些钱财去那里定居，仿效三千年前的象雄国王，做回女王也不错……

我开始天马行空地想象，就像一只气球在逐渐膨胀，眼看膨胀到快要饱和的状态，却被占堆一句话戳破，他说："那里没有人，没有食物，没有市场，没有电，也没有网络，请问你带钱去有何用？"

我的女王梦弹指即破。但，我嘴上还是不肯认输："我可以雇一些人进去，粮食我们自己种，再养一些牛啊羊啊，先解决温饱问题。至于电和网络嘛，在科技高度发达的今天，总有办法去解决。"

"好吧，女王陛下。你若是铁了心要去那儿做女王，我倒是不反对，但做一天两天玩玩可以，做久了还真不行。那里寸草不生，你让你的牛啊、羊啊都吃什么？这么说吧，你想在那块风化了的土地上种出庄稼来，比你去那儿做女王的梦想还要不可实现。"

这回彻底被难住了，我大笑着说："好吧，女王做不成，我还是打回原形，做自己。"

"做自己就对了。"

做自己就对了？可是在这个世界上，又有几个人能做得了真实的自己？在满天星星的苍穹下，我满脑子装的都是为救百姓而甘愿付出社稷江山和自己性命的古格王；至今仍在跳着神

逃往经幡

秘舞蹈却难觅踪迹的古格后裔；以及占堆的爷爷和占堆爷爷的朋友——为了还不上"苟"而死不瞑目的老人；还有隐藏在西藏各个角落里正在苦修着的僧尼们……他们，遵循着最古老的生活法则，坚守着自古以来的仁义和真实。也只有他们，还在为心中的真理和理想而承受着苦难，并甘愿为之牺牲一切。

如今的我们，生活法则早已发生了变化。此时此刻仍躲在藏地各个角落里苦修着的那些人，虽然和我们生活在同一个时代，却与我们的日常生活完全隔绝，仿佛神秘主义者和禁欲主义者，在很多人眼里，他们的选择和生活方式是荒谬而不可理喻的。

而我生活其中，绝大多数时间我几乎不去思考。"人类一思考，上帝就发笑"，人是多么脆弱。偶尔陷入思考，你也根本找不到人与动物之间的生活究竟有何差别。

世界很虚无。当我在这里堂而皇之地陈述自己的观念，差点儿感觉自己就是神秘主义或如同魔幻一般的存在。事实上，我什么都不是。我只是聊发感慨，偶尔奇思幻想，写下一些莫名其妙的感想和自以为是的悲情文字。和所有人一样，我也摆脱不了生活法则对人的钳制。在现实生活中，我不过是个无足轻重、微不足道的人，一个为生活奴役的仆从。

流星划过之后，苍穹浩瀚，静谧无声。我曾试图在夜空中探寻哪一颗星星可能会是我？它们深不可测，又如此密集，仿佛满天雪花纷飞。

此时的银河系如同闪电，正劈开漆黑的夜空，铺展出一条闪亮耀眼的星光大道。人类也有星光大道，只要能够挤上去，你就可能前程似锦、光宗耀祖。然而，你不会知道生活背后的真相。永远都不会知道真相。

虽然生活没有真相，但它也从来不曾让我们绝望。就如此刻，我们还可以拥有头顶的星辰明月，拥有看星星、赏月时的激情和感动。

我们总在嘲笑神秘主义者和理想主义者，嘲笑那些为了仁义道德而付出性命的伟大的先人，是因为我们没有能力去相信灵魂的存在。我们把信仰粉碎，把真理进行肢解，我们衣冠楚楚，身穿层层戏服，戴上同样的面具，在流光溢彩的人群中翩翩起舞。我们感觉自己无比强大，又无比快乐。我们拒绝去知道，那并不是真我，而只是仿造真我的一个精神赝品。而对于这些，我们的灵魂一无所知。

在浩瀚博大的星空下，冷风在车窗外嘶吼，我借着遥远的星光，仿佛又一次看清了自己。你再强大超脱，你再来去自由，也不过是一具挣扎在冷风中衣衫褴褛的垂死之躯。

想来，我以玩笑的方式说出去穹隆银城当一回女王的梦想，亦不仅是异想天开。上帝赐予我们的时光太过短暂，我们根本不知道会如何度过。为了不至于贫血而死，我们要靠幻觉活着，靠幻觉或臆想造出血液来不断地充实自己，照亮自己。

世界如此浩瀚，而我们的生命稍纵即逝，人的本性又如此贪婪，有人终其一生都在赚钱与存钱，而有人努力赚取死后的名誉，不惜把自己搞得筋疲力尽，甚至身败名裂，却并不相信人有来世，也不相信灵魂的存在。

人总是可笑的。万物皆荒唐。

26

脑子里装满一路荒唐事。忽又想起小米和唐古拉。对我这次的旅行来说，他们就像荒谬本身。在拉萨热情洋溢地把我带到阿里，然后，却又从阿里转身逃走，跑到千万里之外的新疆去，扔下我一个人。

新疆那么大，他们会在哪儿？他们为自己找到安身之处了吗？小米的身体适应不了阿里的高海拔，就一定适应得了新疆吗？她真想长期留在新疆不打算回锦城去了？

我被一堆疑问纠缠，很想打个电话问问他们。但打给谁呢，打给唐古拉还是小米？我思考了一下，决定打给唐古拉，因为小米说话遮遮掩掩，没有唐古拉坦荡。但，继而一想，还是不能打给唐古拉。

电话终究没有拨出去。在一个转弯过后，手机又显示无信号。不过，我已经习惯了，在这里的信号和网络经常会这样，时有时无、时断时续，从来都不会稳定。而人在这种地方的情绪，也从来不稳定。想打电话给小米和唐古拉的念头稍纵即逝。

一念过去，一念又起。很多事物都是虚设。它们忽然出现，又悄然飘走，全然由不得你控制。

占堆把车开得越来越慢，似乎在担心冷不丁又会撞到哪颗划破天际、迎头而来的流星。

他一边开车，一边密切地注视着头顶的星空，他说要是再遇上流星，就立马刹车，下去许愿。他说他已在心里想好了愿望。还问我今晚的愿望是什么。

我能有什么愿望呢，在今晚？

我感觉我此时此刻的心，只停留在一种"空"的状态，却又感觉被某种一言难尽、无可名状的情绪装得满满当当。什么也不曾想，想也想不出个所以然，更不知道，我的愿望是什么。

占堆看我老是心不在焉地在低着头看手机，似乎有点不满，他说："难得出来看这么美的星空，你还老看手机，回到城里连星星都没得看了，还不趁现在好好多看几眼。"

我抱歉地把手机收起来，放进包里。我们总是这样，宅在家的时候，总是梦想着要去遥远的地方看满天星星。而当我们就置身于遥远的星空下，却又在想着千万里之外的别的事物。

在这个特别的夜晚，我想我有必要清空内心所有的芜杂，只专注于一件事：举头望星空。

密密麻麻的星星近在眼前，又远在天边。我久久望着。被清理过的心，慢慢静下来，也空了下来。那种状态，接近于涅槃寂静、清澈透明，就像眼前阿里的天空，不染一尘，没有波澜，没有杂音，也没有任何纷扰。渐渐地，清空的心被一种并不存在的虚空占领、填满……

庄子有一句话："是以无有为有。"也就是说，人在清空一切、内观自己的时候，会产生出一种无中生有、有归于无的慨叹。有时候，空虚的感觉会让人获得一种物质性的密度。就如圣徒。他们的行动是倾注所有的情感，而不是部分。他们给自己的内心冠以黑夜和星辰，涂上静默和孤独的圣油，从而使这种生命虚无的意识走向无穷大。而卑微如我者，这种虚无感却会走向无穷小。无论是向着"无穷大"，还是向着"无穷小"，拉伸到一定程度，就像一根橡皮筋，自然而然就会暴露出它再也不能拉伸的细孔，甚至会出现断裂的痕迹。

车子慢悠悠、摇摇晃晃，风和寒冷都被挡在窗外。无论外面的世界多么寒冷和凶险，车里的方寸之地是温暖的、安全的、让人放松的。

我渐渐打起盹来，有点昏昏欲睡。

占堆担心我是否出现了高反症状。我打了个哈欠，表示我没有高反，只是在犯困。此时的星星在我眼里已不再闪耀，变得模糊依稀。我只想好好睡一觉。此时此刻，能够踏踏实实睡上一个好觉，是与上帝的融合，也可称之为涅槃。

逃往经幡

每一觉醒来，都是一场重生。

27

只是跟着占堆出去看了看星星，却像完成了一场千年穿越，又像经历了一场涅槃重生，人累得精疲力竭，倒在床上不想动。本想睡个好觉，可是这个夜晚，注定不能让我涅槃，也无法让我获得重生。冯小青的一个电话，驱走了我所有的睡意，让我活活失眠到天亮。

冯小青回到锦城之后，接到一个"尘肺病"事件的采访——

有个小伙子叫杨子江，他爷爷和父亲都是矿工，都死于"尘肺病"。他亲眼看着爷爷和父亲受尽尘肺病的折磨，然后慢慢死去。他对这种病惊恐至极。父亲临终前叮嘱他，让他无论如何都不能再在老家住下去了，哪怕出去要饭、去当苦力，也不要再当一名矿工。他父亲说，一个人的死法有千万种，但没有比染上尘肺病更令人痛苦的了。

杨子江听从父亲的临终嘱托，料理完父亲的后事之后就只身跑到锦城。这座城市对他来说，就如同无边无际的大海，人多，机会也多。和所有来这座城市讨生活的人一样，他每天早出晚归，为了理想生活努力拼搏。他从一名快递小哥，一步步努力，终于成为一家私营企业的总经理。他在锦城买了一套房，娶了媳妇，生下一个活泼可爱的儿子。他的每一步都在朝着自己设定的目标走去。

有一天，他忽然开始咳嗽，而且越来越厉害。他立马想起他的父亲和爷爷，于是无比忐忑地跑到单位就近的一家小诊所去做检查。

为他接诊的是一位刚从大医院退下来的老医生，戴着口罩和老花镜，他很肯定地告诉杨子江，杨子江得了"尘肺病"，早期。并提议他及早想办法去大医院里洗肺，小诊所里没有洗肺的设备和仪器，治不了他。

杨子江当场目瞪口呆、惊骇莫名。他以为只有在老家的矿场工作才会得这种病，以为离开老家，就等于离开了"尘肺病"。他哪里知道，一切事与愿违，与他想当然的以为并不吻合。其实，他也知道，锦城这座城市已被雾霾占领几十年，他也知道长期吸入雾霾对身体没有好处。但他天真地认为，城里的雾霾和老家矿场的灰尘不一样。所有生活在这座城市里的人，都在呼吸着同样的雾霾过日子，为什么这可怕的病魔就独独找上了他自己?! 他在心里痛苦而绝望地质问。

老医生告诉他，像他这样或轻或重染上尘肺病的患者，目前已有几万甚至几十万人，并且还在逐渐增加。——这个消息更令杨子江感到震惊和恐惧。几十万人得同一种病，这已经是个巨大的灾难，人们应该如临大敌，共同想办法去解决、去改变才是。然而，整座城市居然连一则消息都没有。

他做梦都想不到，自己好不容易从乡下逃到城里来生活，到最后竟然和他父辈一样，也得了这种病。

老医生叹息一声，说："城市和人一样，也会生病，最近几年空气污染已越来越严重。以前是头痛治头，脚痛治脚；后来，头痛治脸，脚痛也治脸；现在是，无论是头痛还是脚痛，率先就把人的嘴给捂紧，脸也不管了，只要不让发声，痛死病死，全当没事。"

对于老医生的感慨，杨子江听得半懂不懂。

后来杨子江渐渐搞明白，在锦城，对于尘肺病这件事，有些人的确浑然不知，而大部分人却在假装浑然不知。后者是"佛系"社会的重要组成部分，他们懒得思考、懒得争取、懒

逃往经幡

得过问任何事情，任何事情都跟他们无关。他们戴着口罩穿梭在人群之间，一脸漠然，无视他人的生死，也把自己的生死交给时间。他们是一批认命的人。别人怎么活，他们就怎么活，别人怎么死，他们也难逃一死，反正，随着大潮流，随着大多数，混一天是一天，除了这两种人，还有一群人，他们属于极少数，貌似可以一手遮天，也可以替天行道。

杨子江向医院付了一笔昂贵的清洗费，他的肺却仍然没有被清洗干净。第二次再去，又被要求再付一笔昂贵的医药费。杨子江愤然写了一篇文章投给报社，要求报社出面报道，并让更多的人去关注尘肺病，也让更多的人去意识到事态的严重性……

冯小青在读完杨子江的文章之后，连夜赶写了一篇报道。她曾经听一位老编辑说过一起几乎与"尘肺门"同样的事件，发生在几十年前的河南乡下，有位矿工姓张，名字她忘了。那位姓张的矿工也得了尘肺病，要求矿厂老板给予赔偿。但老板不认账。进矿厂工作的人早晚都会得这种病，如果给其中一个矿工赔了钱，那么，所有得这种病的人都会去找他索赔。因此，那老板索性拒赔到底。

那矿工不甘心，就去法院告。法院需要提供证据，他就把医院的检查报告递交给法院，没用，说是他提供的资料不足以证明他得了尘肺病，除非他去做"开胸验肺"的手术才有效。也就是说，需要把自己的胸腔打开，给肺拍个片，证明他的肺是黑的，然后，才可以得到一笔补偿。

一般没有人会去冒这种风险。把自己的胸腔打开，这需要多大的勇气，弄不好还会丧命。但那小伙子就是不服气，硬是冒着生命危险去医院做了个"开胸验肺"的手术。

这起维权事件，引起了社会各界的关注，当时的媒体纷纷争相报道。最后那小伙儿终于得到了一笔赔偿金，但，也不是法院所判——当地法院在当地是很容易被变通的——而是迫于媒体压力，那家矿石老板才很不情愿地给了些补偿。

冯小青想当然地认为，几十年前发生在河南小县城的这起事故，能够通过媒体来摆平，那么，几十年后的今天，社会在进步，人类也在进步，作为媒体人，就更应该为了百姓发声。

然而，冯小青没有想到的是，几十年前的媒体，面对的是一个区区矿厂老板；几十年后的今天，面对的却是一个有强大背景的大医院和社会群体。

有时候媒体会奇怪地变成他们的喉舌，他们让你怎么说，你就得怎么说，他们让你什么时候噤声，你就得集体噤声。

冯小青毕竟"道行不深"，热血沸腾地发出这篇报道之后，立即因失职而被开除。这对她来说，无疑是当头一棒。

她有一种晕厥的感觉，不知道自己错在哪儿。当她完全清醒过来，意识到自己从此失去这份工作之后，感觉天都要塌了。她不知道今后靠什么来维持生活，以什么样的方式继续活在这座城市里。

冯小青沮丧地说，她此刻想死的心都有。

我劝她别想太多，先在家休息一阵，再慢慢想办法。

终于挂掉冯小青的电话，我也陷入迷茫，到处都是看得见和看不见的问题，这个世界到底怎么了？

28

这一夜，和我紧密相连、让我牵肠挂肚的人，是冯小青。她是我多年来的闺蜜。现在遇到这种事，我不能不为她牵挂。更让我震撼的是，尘肺病的隐患已超过了我的想象。

这个夜晚，我又想起小米，想起她说的关于尘肺病人的事情。手机就在我手上，我一直有拨通小米电话的冲动。

但，已是凌晨，我睡的床和占堆睡的床，中间只隔开一面薄薄的墙，只要稍一转身，隔壁就能听得到。我自己睡不着，总得让人家好好睡。

我又一次放弃了与小米的通话。满脑子都是一桩又一桩荒谬绝伦的事件。此时已接近黎明，看着掌中的手机屏幕，犹如看见薄暮下的一小片荒原，而河边却没有船只可以渡你，唯有几片芦苇在那里忧伤地摆动，波光粼粼的河水，在两岸之间变暗、变得暧昧无常。

我在百度搜索中试着输入"尘肺"二字：尘肺的规范名称是"肺尘埃沉着病"，该病是由灰尘被长期和大量吸入体内，并在肺内滞留而引起的以肺组织弥漫性纤维化为主的全身性疾病……

我把它们拆开，只输入一个字：尘，立即便跳出来它的拼读和释义：1. 飞扬的灰土。2. 佛家、道家所指的人间……

我在输入栏里把"尘"字删掉，重新输入"肺"字，页面立即切换成，肺：是人体的呼吸器官，也是人体重要的造血器官，位于胸腔，左右各一，覆盖于心之上……

左边的框框里是一对肺叶的图片，我从没这么仔细认真地看过一对肺。它们就长在我们每一个人的身体内部，为我们造血，我们靠它呼吸，靠它生存。从图片上看，它们的颜色呈暗粉色，有点像烤熟的核桃肉。让它们变成两坨黑色的东西，到底需要吸进多少尘霾？

我没有再输入别的字，像在玩一个毫无意义的游戏，我觉得这个凌晨的自己已经够无聊的了。

那些自动跳到页面上来的文章，不用打开，只看标题就知道，都是歌颂。好像在所有的时代里，总会有人唱起哀歌，也总会有人乐此不疲地谱写颂词。我们的生活总是充满悖论，如同玫瑰长满利刺。眼前分明是太平盛世啊，可一睁眼却又被灼伤灼瞎。

睡不着，继续刷微信。刷微信是打发时间最好的消遣。看朋友圈里五花八门，什么样的人都有，但最有代表性的基本上可以归纳为三种：

第一种人，天天唱着颂歌，歌颂盛世年华、歌颂活着美好，没有悲哀，也没有伤痛，只有傻乐和开心，哪怕死亡的阴影已在头顶笼罩，他们依然每天热烈而热闹地生活着。

另一种人，天天转发那些和诈骗、抢劫、强奸、各种巧取豪夺的或变态或丧尽天良的案件有关的文章，还夹带着他们转发时的一段恶评。仿佛一天不疯魔、不愤怒、不直抒胸臆、不骂娘，你就读不懂这个世界。你能感觉到他们的每一分、每一秒都陷于疯狂状态，他们的每一天都在愤怒和痛不欲生中度过。这一类人发的微信你看多了，很容易生出绝望的情绪，你只想冲着这个世界大声问一句："这个世界还有净土吗？"

还有一种人，就是所谓的"佛系"大众，他们从不愤怒，也不讴歌，绝不发表言论，无论谁被砍了，谁一夜暴富了，谁被逼跳楼了，又有哪个贪官被查了，某家幼儿园的小朋友又被某个禽兽校长给猥亵了……他们，一律视而不见，无所谓这个世界变好，也无所谓这个世界变坏，每一个日子都被他们用漠然的态度度过，就像供于殿堂上的佛，每天看着芸芸众生，把人间的一切爱恨情仇、是非恩怨全看在眼里却一言不发。对这类人而言，行动是思想之疾，是想象之瘤，是一种自我放逐。他们早已不再相信明天，不相信人类，不相信上帝，甚至不相信自己。

逃往经幡

有个"佛系"姐妹跟我说，她根本就不相信有什么上帝。她认为，如果上帝一旦变成人类，也只能以殉难告终。她的活着，只是为了活着。她从不去尝试编织什么梦想，因为所有的梦想在被付诸行动的途中，必定会偏离本来的初衷，而让心灵受伤。她觉得，人只要活着就可以了，应该用力摒弃所有的梦想，就像摒弃声色犬马一样地摒弃掉，把它们当成完全无用之物一样狠狠甩掉，心与灵魂才可以获得真正意义上的安宁和自由。

放下一切，轻盈如风。这样的一生，也是自我修行的一生。他们抑制自己去恨、去愤怒，同时也拒绝去爱。因为，爱是需要付出的，他们不愿付出。爱也是需要去索取的，一旦去向人索取爱，那么，你就会成为一个精神上的"乞丐"。

对于她的这种论调，我表示不以为然。

我说："如果有一天，有个恶徒拿把刀把你的父母给砍了，或者，把你的孩子给拐走直接卖掉了……难道你，也不会愤怒吗？哦，我只是打个比方。"

我怕我那"佛系"姐妹会生我的气，赶紧补上最后一句。

不过我说啥人家压根就没往心里去。她绝不相信这种事会发生。她毫不客气地回敬我："去想一件绝无可能发生的事情，那不是没事找事、自寻烦恼吗？有一句话叫'世间本无事，庸人自扰之'。就算真的有一天发生了，那也得等到了那天再说，在事情来临之前，就先自陷入恐慌，那还怎么活？难道，你还嫌这个世道不够乱、不够烦吗？命里有时终须有，命里无时莫强求，不管是劫还是福……"

我真想补她一句："阿弥陀佛——！"

问题是，人家也不信那佛。佛祖、诸神和灵魂，对他们而言，也是不存在的。他们只信奉"人活一世，草木一生"。活就活着吧，能不折腾，就绝不折腾。活过一天是一天。他们心里清楚得很，折腾也是白折腾，不如省点力气不折腾。

在今天，获得生存和成功的权利，就和获准进入精神病院的权利一样，有着同等的基础：集体缺乏思考能力，集体不道德，集体精神狂躁，集体撒谎。这是一个思想和心灵都找不到任何支撑的世界，而我们置身其中。甚至，去信仰宗教也不能给我们带来安全感，道德上没有人给我们正确的指引，政治领域又缺乏安宁和信任。人人都深陷于痛苦、焦虑、躁动、不安之中……但是我们又不知道如何才能去改变这种现状。我们无能为力。

29

隔壁传来占堆均匀的呼噜声，还有他母亲的呼噜声。母子俩的呼噜此起彼伏。我像一个夜晚潜入他们家的"呼噜窃听者"。我想关起耳朵，拒绝听到，但那重重的呼噜声还是穿墙而过。

树欲静而风不止。许多事，无法任由我们作出自我抉择。听着母子俩的呼噜声，我的头脑异常活跃，思路清晰、精神焕发，仿佛刚刚睡足了一觉，正从梦中醒来，一点困意都没有。我已经残废，或者接近残废。被我称之为生活的东西，只是现实生活的睡眠状态，就像真实死亡。死亡即新生。世界在我眼前变幻无常。当我以为我活着的时候，我已经死亡；当我死去的时候，我又复活了。这是活着与死亡的关系，也是睡眠与生活的关系。当一个人睡着了，那么，生活对他来说，便是一个梦。活着这个行为，正是走向死亡的全部过程。因为我们每度过一天，残余的生命就减少一天。我们与生活之间的关系，就

逃往经幡

是一种毁灭的关系，是死亡的快乐阴影。

此刻的占堆和他的母亲，正栖身梦境。他们是一团暗影，漫步穿越在虚幻的森林里。而梦中的那些树，便是他们的房子、习惯、思想、理想和哲学。虽然，在现实生活中，他们从未见过真实的树。至少占堆母亲是这样，她从未离开过故土。在这块土地上，是没有树的，一棵树都没有。

我是多么可笑啊，在这个寄居的陌生的夜晚，我独自一人疯魔般思绪纷飞，不得安宁，一个人就像一支部队。

在天亮之前，我得赶紧睡一觉，把万恶的手机弃于一边。

听见隔墙那边的床上，忽然重重地转了个身，呼噜声随之消失。很奇怪，几乎同时，占堆母亲的呼噜声也停止了。

我听见一些细碎的声音，我迅速从夜的思绪幻影中回到现实。我保持静止。我的身体，我的思想也凝固不动，耳朵贴着睡枕，被褥铺垫都是和羊毛有关的织物，床上飘浮着古老的羊膻味和浓郁的酥油味，以及另外一些我无法用词语去描述的神秘又古老的味道。

我有些担心，会不会是我胡思乱想的动静太大，而吵醒了占堆和他的母亲？不过，我瞬间明白过来，是天亮了。他们醒了，要起床了。

30

天光打在窗棂上，灰蓝色的土布窗帘半明半暗。衰败的夜晚在向我做出最后的告别。

天彻底亮了。我感到深深的疲惫和乏味。意识从夜晚抽离出来，身体埋在被褥里，和那些被埋在断壁残垣下的灵魂一样，我躺在整个宇宙的破败虚空之中，躺在世界屋脊的屋脊之上。

这里被世界各地的佛教徒奉为宇宙中心，是最最神圣的净地。我有点恍惚，一种不同于以往的漂浮感竟然带给我一丝抚慰，就像一缕微风拂过。我置身另一个世界，另一种生活，感觉有点不真实，如同带着某种不可破译的寓意。

手机响了。

就在半小时前，我已成功把它弃于一边。但它又响了起来。我没法拒绝不看。是微信，有人发来私信。

点开，又是冯小青。

原来，冯小青也一夜没睡，一直熬夜到天亮。

她说："亲爱的，我整夜都惶然不安，觉得自己没有脸面再在这座城市里生活下去了。"

"你又没做什么亏心事和缺德事，为什么要觉得没有脸面？好好活着就是。"我迅速回复她。

"我做梦都想不到，我有一天也会被开除。现在的我只想一走了之，到一个没有人，没有纷争，也没有谎言的地方去。"

"别冲动啊你，你可是个有孩子的妈妈。"

"要是让娇娇知道，她妈妈是个被单位开除的人，她又会怎么看待我？"

"别再胡思乱想了。这不是你的错。世上的路有千万条，哪一条都可以去尝试着走一走，别太灰心丧气好吗？"

"我不想天天活在虚假的尔虞我诈的日子里，我都快要疯了。我想移居阿里，从此在蓝天白云下过简单的生活……"

这多像我正在写的一个小说里的开篇，又像是经典童话故事里经常会出现的结尾，"他们从此过上了幸福的生活……"可是，省略号部分，却从来都不会有人告诉我们，无论是以前还是未来，生活的真相都是需要我们亲身去经历的。生活将以何种面目对待我们，谁都不得而知。

或许，我们可以从一座城市逃走，从人群中逃走，但，我们能否逃得开自己？如果冯小青到了阿里，真能过上简单的生活吗？谈何容易。不用想都知道，会有一大堆未知的烦心事儿在等着她。

我惊异于自己的镇静，清楚地看见理性的闪光划破生活的黑暗面，我极其平静地回复冯小青：

"亲爱的，我万分理解你此刻的心情，但请千万别冲动，我们再想想别的办法，一定会有办法的……"

真是奇怪，在这个清晨，我没有冒冷汗，但我觉得自己正冷汗淋漓。虽然熬了一夜，我的身体也没生病，但焦虑渗进我的毛孔，使我浑身战栗不已。存在的恐惧多么至高无上，我想不出还有什么可以缓和它、化解它。

31

门外飘进来食物的香味，不用问也知道，又是牛肉藏面的味道。一成不变。再这么吃下去，它将成为我在阿里吃到的唯一的永恒的食物。

经过一夜折腾，脑子里装满各种芜杂的事物，而我的胃却空无一物，它已向我发出饥饿的信号。我以最快的速度起床、穿衣、洗漱……最后，毕恭毕敬地坐在一碗牛肉藏面面前，举筷豪吃。

占堆母亲的脸上依然挂着善意的微笑，她喜欢别人夸她的面做得好吃。当然，对她最大的夸奖，是把她做的面条全都吃光。

"睡得好吗？"占堆问我。

"唔，"我正把一口面条吞进嘴里，回答得含糊其词，"嗯，还不错，很好。"

"早上的面条好吃吗?"

"好吃。"

其实我想说的是，睡得很不好，面条也吃腻了。但，我能这么说吗? 无论是睡眠还是面条，我都不能说不好。这是一个寄居者最基本的道德。

"那，吃完面，我们就去穹隆银城?"

"太好了!"我一下子精神百倍，无比欢愉，"终于可以去实现我此行的心愿了。"

"也是我的心愿。"占堆说。

嘿，我想占堆不过是在哄我开心，但这句话令我感到温暖。

"从这里到穹隆需要多少时间?"我问占堆。

"我也没去过。我先去准备帐篷。"

"需要住帐篷吗?"

"那边荒无人烟，带上帐篷会安心一点，免得到时候露宿野外，会被活活冻死的。"

他倒想得挺周全。更周到的是，他说出发前，得先去加油站准备一桶油，放在车里备用，担心那边可能会没有加油站。万一车开到那边没油了，那可不是闹着玩儿的。加不到油的地方，往往手机也不会有信号，求救电话都拨不出去，那时候的我们，意味着和外面的世界完全隔绝。

要去人烟绝迹的地方。这事儿想起来挺可怕的。奇怪的是，我心里却无畏亦无惧，至少在此时此刻，我一点都不感到焦虑，也不觉得害怕。仿佛有占堆在身边，一切问题都能迎刃而解。

我能感觉得出来，占堆在向我表述那些潜在的可能发生的危险时，事实上他并不觉得有多么艰难与危险。他只是凭借自己的直觉和经验在做一些推测和估计，并加以防范。因此，他对我的表述仅仅停留在表述本身，并没有带给我太多的焦虑与不安。相反，他对事物的坦然和淡定和他身上表现出来的从容，让我感到无比安心和踏实。

32

终于，把一碗藏面给吃完了。胃变得充实。饱腹催生了困意，一夜未眠的困倦席卷而来，如潮水般将我淹没。只想立即倒头睡去。但此刻我的身份是个寄居者，说好就要出发去穿隆，却又要回床上去睡一觉，这显然说不过去，只得强打精神。

占堆说，他要去加油站，让我在家等他。我趁机说要去收拾东西，想躲进房间去休息几分钟。

门外停着两辆车，一辆警车，一辆是占堆自己的丰田越野。越野车看上去很破旧，估计是从二手市场买的。占堆开走了他自己那辆。我倒有点希望他开着警车走，可以一路畅通无阻，会给我们的出行带来很多方便。但是占堆在休假期间，不得擅自使用公车。

去趟加油站来回的时间，大概半小时，躲在屋里能够眯上半小时也是好的。我实在太困了。

可是，占堆刚出门，占堆母亲就出现在我面前，她那样谦卑地对我笑着，用极度生硬的汉语和极尽温柔的表情准备跟我拉家常。可能她也看出来，我有点想要回避她的意思，但她确实想抓住时机跟我说说话，她稍稍扯了几句家常，立马言归正传，直截了当地对我说："我想跟你说个事儿——"

人家都要正儿八经地跟你"说个事儿"了，你住她家又吃她家的，还能有什么理由回避？如果你在这个清晨说自己困了想去休息个半小时，简直就是伤天害理、天理难容。除了强打精神陪她老人家说话，你没有别的出路。

占堆母亲的汉语表达毕竟有限，有些意思和想法又不好说得过于直白，扯过来，扯过去，绕过来又绕过去，听话听音，最后，我终于厘清了她谈话的主题思想和几个核心问题。她大概的意思是：

占堆已经三十多了，虽然有份不错的工作，但在这么偏远贫寒的地方待下去，很难找到合适的女人结婚。她眼里的占堆是个单纯、要强、自我、心气又高的人，她不能逼迫他为了繁衍后代随便去找个人结婚，即便如此，占堆也不会幸福。占堆要是不幸福，她也会心里不安。但是，眼看着占堆的年龄一岁岁地大上去，至今还是孑然一身，她每天心急如焚，却也只能强忍住不说。她想，不，应该是她在恳求我，让我帮占堆介绍个对象，或者，干脆把占堆介绍到大城市里去工作，她认为在城里女人多，容易找对象。她说，她已经看出来了，占堆还是喜欢城里来的女人。这么多年来，当地的那些女孩子，他都没正眼瞧过她们，从小到大，他总是独来独往、孤身一人……

最后，她拉过我的手——这份突然而至的亲密举动，让我不知所措。她极力地搜索着汉语词汇，然后迅速进行组装，尽可能完整地向我表达她的意思："我说真话，这么多年，我和占堆一直生活在一起，从来没有分开过。母子连心，他心里在想些什么，我全都知道。我是看着他长大的。我头一次见他愿意为一个女人去做这么多的事情，完全把一个女人放在他心上，然后，又这么迁就她、讨好她，心甘情愿地对她这么好……"

占堆母亲的话令我惶恐不安。可怜天下父母心，她那份焦虑我完全能够理解，但，我只能抱歉，内心满是愧疚。我的偶尔出现，除了给占堆的生活暂时制造出一堆麻烦之外，我还能为他做些什么呢？为他介绍一个女人，或者，带他去千万里之外的我所居住的那座城？哪一个忙我都帮不了，这太不现实。

手机又响，我的双手立即从占堆母亲的掌心中逃脱出来。从衣服口袋里摸出手机。占堆母亲也好奇地凑过来看。这个动作让我有点尴尬，但想到她应该看不懂汉字，于是放下心来。

又是冯小青的信息：

"亲爱的，我并非一时冲动，我已想了整整一夜，想得非常通透了，我真的决定逃离城市，你可能还不知道这群人到底有多虚伪和恐怖。我只想告诉你，一个毫无信仰、唯利是图的地方，真的不适合像我们这样的人长期居住，总有一天，我们会被毁灭。"

"谁啊？"占堆母亲好奇地问我。

"是我的一个好朋友。"我点开冯小青的头像，放大了给占堆母亲看。她眯起眼睛看了好一会儿，说："唔，真好看，你们城里女人都好看。"

我对她笑笑。

忽然想到冯小青和占堆的年龄差不多，虽然冯小青结过婚，但现在已经是单身，她又一心想从城里逃走，逃到偏远的阿里来安静度日，如果占堆愿意……

我飞快地回复冯小青："我这里有个单身汉，三十出头，藏族，身份警察，在札达有两间土房，有车，心地正直、善良，长得也帅。介绍给你，要吗？或者，你直接飞过来投奔他？"

信息发出去，眨眼间就回过来一条："你有病？居然还有心思跟我开这种玩笑！"

"不是开玩笑，我说的都是真的。"我有点委屈。

"你不仅有病，还病得不轻，是否缺氧缺到脑子进水了？"看来，冯小青是真在生我的气了。

我拿着手机左右为难，不知还该说些什么。

占堆母亲一脸懵懂，她一会儿看看我，一会儿又看看我的手机，问我："你那个好朋友，她找你有事？"

我说："没事，只是问候一下。"

占堆母亲"哦"了一声，目光盯在我脸上，仿佛又在酝酿什么新话题。

我赶紧起身，说："我先去整理一下我的行李。"

33

还没等我进屋，占堆就回来了。

很奇怪，占堆居然没有加到油。带去的油桶空着拿回来，连车子的油也没让他加满。

占堆解释说，不是加油站没有油，而是因为上头的一纸文件，内容大概的意思是：即日起，所有阿里地区的私家车都不能擅自加油，公、检、法和部队的车子以及少量办理过特殊通行证的车子除外。

"为什么？"我不禁疑惑重重。

"你还记得那个老部吗，他跟我们讲过的那几个阿尼啦的故事？"

"当然记得。"

"那天老部没有去，组织上便又派了另外的人去说服她们，劝她们撤离寺庙，还俗回老家，几个阿尼啦死活不从，而劝说者估计是为了达到目的早点完成任务，在言辞或者行为上有点过激，那几个阿尼啦居然把汽油浇在自己身上，把自己活活烧死了。"

"天哪！"我吸进一口凉气，惊悚地看着占堆。

"所以，"占堆耸了耸肩膀，说，"一切为了安全。"

逃往经幡

占堆母亲忧心忡忡地看着我们，但她仍然假装听不懂。占堆用藏语和他母亲说了几句。我知道，占堆一定不会告诉她实情。有一种很奇异的感觉，事实上在我们三个人当中，只有占堆一个人蒙在鼓里，对一些事情浑然不觉。我忽然觉得有点对不住占堆，我对他撒了谎，对他隐瞒了一些事实真相。

我心想，穹隆银城是去不成了。不过，去不成穹隆，就当一桩心愿未了，说到底，也没什么大不了的。只是，车子不能加油意味着我哪儿都去不成，我也去不了机场，回不了家，不知道该怎么办，难不成我要一直在占堆家里住下去，这也太荒谬了。

考虑了几分钟，占堆毅然决定："走吧，我们按原计划出发。"说着，他已走出门外，把自己车里的东西搬到那辆警车上。

我惊愕地追上去，问他："你开警车去？"

"管不了那么多，先走！"

"这太冒险，万一被人查到你公车私用，后果不堪设想，你的饭碗都要被砸掉。"

"先上车。"占堆看了一眼他母亲，他是不想让他母亲知道太多，或者，他着急地催我上路，只是想尽快带我去实现我的愿望。

我对他母亲更加充满愧疚，他母亲什么都听得明白，对我和占堆的误会，估计又在加深。

占堆已经把车发动起来，等着我上车。

事已至此，恭敬不如从命，我赶紧整理好行李，直接跳上警车。还没等我把车门关好，车子已飞一样冲向前方。

第三章：穹隆银城

1

离开札达就有一个检查站，但没有人会拦住一辆警车要求检查，直接就放行了。我松出一口气，感觉自己像个躲过一劫的逃犯。

在路上，我还是忍不住问占堆："万一被查到怎么办？"

"该咋办就咋办，你不要管了，我们运气应该不会这么差。"

我想这可能就是一个康巴人的性格。真要干起一件事情，往往说干就干，无所畏惧。

车子离开札达之后，占堆更加轻松自在。可我心里却越来越沉重，觉得很对不起占堆。虽然他心存侥幸，总感觉自己不会出事，但，万一呢？万一出个什么事可怎么办？害他砸饭碗，或者被开除，我会一辈子不安。

不过，我也知道，我的担忧，其实也是无用的。在这个世界上，谁能做到万无一失，谁不是心存侥幸地活着？

经过加油站，看见墙上贴着大大的布告：

临时通告：禁止私家车加油，谢谢配合！

占堆开车进去，工作人员一看是警车，问都不问就给加满了。

油加满了，心安定下来。虽然前路仍茫茫，但，暂时可以不用操心了。于是，困意又涌上来。

天空干净柔滑得像块蓝丝绸，洁白的云朵就在眼前飘来飘去、瞬息万变，两边的草甸上，偶尔会出现几只野驴和藏羚羊，它们在苍茫的天地之间散着步，悠然自在、恣意纵情……

苍穹静谧，大地无言，眼前的景色广阔绝美，让人心旷神怡。漫步其中的动物生来自由，具有与世隔绝和自给自足的能力。忽然觉得生来自由、与世无争是多么伟大、多么卓越的品质。从某种程度上来说，这些动物远远高于君王，甚至高于上帝。君王和上帝的自给自足，是通过他们的权力，而不是对权力的轻蔑来实现的。

由于过度疲惫，我重重地合上眼帘。睡去之前，我还没忘抱歉地告诉占堆，我实在是困极了，要先好好睡上一觉，并叮嘱他慢慢开车。

车子如一座急速移动的小小岛屿，在广阔无垠的天地之间晃晃悠悠、飘飘荡荡，我很快进入梦里。

2

在梦里，我正独自一人，不需要任何人。没有压抑的生活，没有莫名的痛感，也不再记得失败与恐惧，哭泣与无助，令人痛苦的事物不复存在，弄不懂的未来和疑惑也荡然无存，只有属于自己的短暂的自由和宁静。而我，犹如一条漂浮于海洋之上的徒劳而无用的小船，承载着一堆毫无条理的梦与空想，空荡荡一无所有，终将消失在重重的迷雾之中。

我很清晰地看着梦里的风景，就像看着现实中的万物一样。倘若我从梦中探身出来，就会感觉我是从某个实物中探身出来的。我总看见自己与生活擦肩而过，我的梦也是如此。我看见自己站得好高好高，高到差不多只要我踮起双脚、抬抬手

逃往经幡

就能够得着云朵,把它们摘下来握在手心里。我在梦里,仿佛正准备着逃离地球,又仿佛还在筹谋着如何去拯救世界……

据说,拯救世界的梦,很多人在年轻的时候都曾经做过,但后来,他们慢慢长大了,便放弃了做这种梦。这种转变在每个成熟的人看来,都是无可厚非的,甚至是合情合理的。你以为你是谁?做梦罢了——况且我已不再年轻,却还在做着这种梦,着实荒诞又可笑。

我好像在梦里进行了一番自我安慰,仿佛心理治疗,然后,心境澄明地站在高处凝望。高处不胜寒,又缺氧,但,凭借着凝望,我心里竟然拥有了一切的山峰,周围都是山谷。我为自己站得过于高、走得过于遥远而心生骄傲,因为骄傲而羞怯。

有人曾对我说:羞怯是一种高贵,不付诸行动是一种卓越,而生活的无能,却是一种崇高。我在使我变得崇高、卓越、高贵的梦中突然惊醒过来,仿佛褪去一件自我满足的梦的衣裳。我懵懂恍惚地睁开双眼,看着呈现在我眼前的现实世界,感觉自己还未完全从梦中的世界走出来……

车子停下来,失去了一种习惯性的摇晃和抖动,突然的停顿和静止把我从梦中唤醒。

梦里的我拥有各种姿态,好多事正准备着付诸行动,满腹的话语还未来得及说出口……然而,当我一睁开双眼,所有的一切便都从我心里消失,不留一丝痕迹。

3

"这是哪儿?"我问占堆。

"你看外面——"占堆指了指车窗外。他的语气轻柔若梦,浮现在他脸上的微笑神秘莫测,像笼罩着一层朦朦胧胧的梦的光环。我把目光伸向窗外，之前的晴空万里，变成了漫天飞雪。

我这一觉到底睡了多长时间？仿佛睡过了一个漫长的季节。居然睡到天空下起雪来，而我却一无所知。

看着大雪在我眼前一片一片飘落，恍如隔世，仿佛刚从一个梦境出来，却又一脚踏进另一个梦境。

一大片经幡出现在我眼前，在雪花飞舞中分外耀眼。好眼熟，似曾相识……不，我认识这里，我来过。

差点儿就要惊呼出声："这不正是鲁康噶那达坂上的经幡吗？"

我完全清醒过来，那样急迫地问占堆："还有流浪狗，对了，那只流浪狗呢，它会不会还在那儿？"

"去碰碰运气。"占堆递给我一大包食物，是牛肉干和香肠，那应该是他为我们准备在路上吃的干粮。

占堆居然为我准备了这么一份惊喜。占堆一定不会知道我和他母亲瞒着他偷偷来过此处，我心里不觉有些愧疚，很想告诉占堆，但话到嘴边，又忍了回去。我还是得坚守我们女人之间的秘密。

我问占堆："我们这是特地赶来，还是顺路而至？"

占堆轻描淡写地说："不很顺路，但也并非特地赶来。刚刚见你睡着了，睡得比动物还香呢，便想到了让你心心牵念的流浪狗。车子开到鲁康噶那山下，本来不用翻山的，直接有条道可以通往穹隆银城。我导航了一下，翻过鲁康噶那，不用走回头路，那边的山下也可以过去。所以我就决定绕过这座山，带你到达坂上来看看。但没想到，车子绕到半山腰便开始下雪了。不过这个季节，海拔高点的山上都已经下雪了。"

我接过占堆为我准备的食物，跳下车，巨大的风狂扯着我，我走近经幡，目光在一片片的经幡里寻找，却没找见流浪狗的影子。它在何处？我有点紧张。它是否已经冻死了，或者，在这场大雪来临之前顾自跑下山去避寒？

我有点忐忑不安，恐惧感一点点涌上来。如果看见它冻死在经幡堆里的尸体，我想我一定会被吓着。如果我遍地找不见它，那么，它也就约等于死了。等冬天过去。不，过不了这个冬天，它就会死在枪口之下。我回过身去，望着我们的车子。真希望占堆也能下车来，给我壮壮胆，哪怕陪着我也好。我朝车里的他挥了挥手。

跳下车的占堆，朝我跑了一小段就站住了，用力指指我身后的方向。我一转身，猛然就看见那只流浪狗，它居然还在，还好好地活着！此刻正朝我小跑过来，一路抖着身上的雪花，身上的毛好像掉了一部分。我看着它那样失魂落魄又欢欣鼓舞地朝我扑上来。

它的身体似乎浮肿了一些。会不会是病了？跑到我跟前，它又像上次那样直立起来，我半蹲下去，正好一个隆重而深刻的拥抱。

它果真是有灵性的，宁愿冻死、饿死在这里，也不肯跑下山去，怕被人一枪打死。它那么聪明，绝不会下山去送死。但，下了第一场雪，就会有第二场、第三场……就眼前的这场雪，要是继续下到天亮，很快整条山路就会被封道。不会再有车子经过这里，也没有人会路过这里。冬天最冷的时刻正在来临，它也只能在此慢慢等死……

看它那可怜巴巴又着急的模样，一定是饿坏了！就像一个人饿到了极致，胃无法一下子吸收，吞食就变得十分艰难又小心翼翼。

我看它把一段香肠吞进又吐出，反复咬成好几段之后，才微仰起头，一小截、一小截地把它吞进去……它是不是已经很老了，老得掉了牙，不再年轻力壮？我没有养过狗，不太懂得狗的一些特性，甚至分辨不出它是雄狗还是母狗。我不知道，它已经在这个世界上度过了多少年，吃过多少苦，受过多少惊吓和重重磨难。

想到它可能是这片土地上活着的最后一只狗，我不由得心里一沉，悲哀深重。

为了喂食方便，我一直半跪着，面对着经幡。都说经幡群里居住着诸神，此刻的我想要祈祷。作为人类的一分子，我想为人类在这个世界所犯下的愚蠢和残暴的行为请求宽恕。

然而，诸神在何处？上帝又在何处？它们能否听得见？这条流浪狗，为了躲避人们的枪口，日日夜夜地守在经幡堆里，只是为了活着，为了继续简单地活下去。

活着——多么简单的事情，而对这条生而为狗的生命来说，它一定不曾想到，竟会变得如此艰难又危机四伏。

如果有一天，因为躲避人类为它准备的那一颗子弹，这条无辜的生命在这里被活活饿死或者冻死，那么，这片猎猎作响的绚烂的经幡和经幡群里居住着的诸神，对我而言，便毫无意义。我，不是诸神，也不是上帝，我只是偶尔路过此地随即就要转身离去的过客。我没有办法永远守护这条流浪狗，直至为它养老送终。

狗身上的毛掉得厉害。雪花落在它身上，迅速融化。它的身体湿漉漉的，冰凉而绝望。我的手掌抚摸着它的背部，仿佛在抚摸它裹于身上的一件陈旧不堪的破衣烂衫。我的手指缝里全是从它背上褪下来的湿漉漉的杂毛，它们沾在我的手心里，拂也拂不去。我流下泪来，不只是为它感到心酸，也为生而为人却同样无能为力的我们的命运。

我撕开一大包牛肉干，袋子的一角用石头压住，我希望它不会被大风吹走。也希望这只流浪狗，能守住这一袋牛肉干，不要在一天之内就吃精光，每天饿的时候吃一点，能维持生命就好，活过一天是一天。

雪越下越大。狗摇着尾巴，在寒风呼啸中一口一口地艰难吞食着。而我，一直保持半跪，无语，伤怀，山川大地，悲情漫漫。

占堆在一旁催我："该走了，雪下大了，再不下山，恐怕就很难下山了。"

我又捡了几块石头，把开了口的食物袋子压紧了一些。然后，我抱了抱流浪狗。它也停止吞食，眼巴巴地望着我，有点不舍，仿佛知道我就要离开。

流浪狗摇着尾巴，追着我们跑了一小段。在经幡的尽头，终究还是停了下来。它的耳朵难过地耷拉着，看上去那样垂头丧气，有一种充满绝望悲凉的气息，我甚至看见了从它的眼眸里流出来的几滴眼泪。我回头望着它，仿佛望着一个知道自己就要奔赴刑场的死囚犯朋友。

上车后的占堆，刚把车子发动起来，又似乎想起了什么。他重新跳下车去，从后车厢里翻出来一件深灰色的旧棉衣递给我，对我说："我看这场雪一时半会儿不会停，估计会下好久，你拿去给它吧，或许，今晚上它就能够用得着。"

"我替这条狗感谢你。"

我冲着占堆笑了笑，开心又感激地接过那件棉衣。我抱着那件棉衣，仿佛抱着一份虚构的慰藉，心情复杂地把棉衣送过去。流浪狗见我又回到它身边，摇着尾巴再次站起来，扑倒在我的身上，无声地呜咽着。棉衣落在地上，我又抱了抱它，指了指那件棉衣，对它说："你冷的时候，就钻进去，用它盖住自己。"

我不知道，它能否听懂。但我想，它一定能够领会到我的意思。我抚摸着它凌乱而冰凉的皮毛。然后，转身，很快跑回车里。

占堆深深地看了我一眼，又看了看站在窗外的那条狗，然后，下定决心似的踩下油门。

我回过身，又从车窗探出头去，不舍又无奈地看着那条狗，仿佛看着越来越纷乱无序的生活。而我所看见的，事实上，只不过是生活中的冰山一角。

对于一只死期临近的流浪狗来说，几根香肠和一袋牛肉干以及一件旧棉衣，根本救不了它一条命。一切都是徒劳的。也许，这就是它最后的晚餐和温暖。那件深灰色的旧棉衣，也有可能就是它最后的裹尸布。

在生活中发生的这一切，使我们显得荒唐而又悲悲戚戚。鲁康噶那，是一座静止不动的高山，犹如世界本身。而达坂上的经幡，是舞动交织的灵魂，是诸神，是上帝。当太阳的光芒照在万物之上，当雪花飘落在大地之上，世上所有的玄秘都已经尘埃落定。一切多么古老，一切又多么现代；一切多么隐晦，一切又多么意味深长。

4

下山的时候，车子一路都在打滑。大雪纷飞，天空中飘浮着散乱的阴云，茫茫然，不知身在何处，有一种浪迹天涯、不知归途的迷惘感。

好在占堆对这里的路况极其熟悉，基本能够镇定自若地应对。但坐在副驾座上的我，在每一个急转弯处，心都要高高地悬起来。经过一场又一场的虚惊过后，我感觉我们真的是如履薄冰，在拿着生命冒险。我的手心一直都在微微发热、出汗。

危险的事，还是发生了。

不是因为下雪天路况不好，而是，我们的车在半山腰上被一头野牦牛给拦住了。

没有错，在藏区，我们随处都可遇到牦牛。有藏人的地方就有牦牛。但是，你见过那种野生的牦牛吗？它比家养的牦牛要大出好多，简直就是庞然大物。它那样雄赳赳、气昂昂地站在路中间，连土生土长在这片土地上的占堆也为之惊恐。

如果是遇上别的动物，只要看见我们把车子快速地冲过去，一般都会立即转身逃跑，逃得比闪电还快。但是，野牦牛不，它绝不避让，就那么直挺挺地站着。可能对它来说，对这个装有四个轮子的铁器，根本就没有恐惧心。它一定认为，它自己的身体已远远高大于这个铁器，也比铁器更有威力。

那头野牦牛，就这样朝着我们走过来，好在它只是一步一步地、慢慢地走着，而不是向我们狂奔过来。即便如此，我坐在车里，依然吓得想尖叫。

占堆让我别出声，然后，他盯着我身上那件大红色的羽绒服，让我赶紧脱下来，换上黑色的。我不明白为什么？但还是顺从地脱了下来。好在我的毛衣正好是黑色的，要不然还得脱。

占堆示意我把红色羽绒服塞进车座下面去，千万不能让野牦牛看见红色。他一边说着，一边挂起倒车挡。车子慢慢往后倒去。左边是山崖，右边是深谷，我们的前路被野牦牛堵截，唯有一条后路可以退。但，山路狭窄，我们无法迅速掉头逃走，倒车也倒不快，全是急转弯的盘山路，一不小心就会连人带车翻下深谷，或者与山体相撞，只能小心翼翼地往后倒退。但倒车的速度，还是比不过野牦牛走过来的速度。它终于紧走几步，扑了上来，朝车窗内张望着。我捂住嘴，惊恐地与它对视。

占堆大声地对我说："真要命，你能不能把身体蹲下去？

别让它看见你，它是头雄性的野牦牛！"

我当时并不知道一头雄性野牦牛要比雌性的凶狠难缠得多。我奇怪占堆居然还能临危不乱，开这种玩笑。但，情况危急，我想都没想，就蹲下身去。好在我个头小，缩缩身子也就贴着地面躲了起来。

野牦牛在前面的窗玻璃上根本就看不见我，只能看见副驾座的空位和占堆。它居然又从车子前面绕过来，绕到右边，探头朝副驾座的窗玻璃上看来看去。我屏住呼吸。占堆也踩着刹车，他不再尝试着倒车。他怕在这个时候，做出任何动作，都会激怒野牦牛。车子与牦牛，都保持静止不动。世界凝固了。而我们，也把自己凝固成一动不动的雕像。

占堆又轻声叮嘱我："你千万别动，也别出声！如果让它发现你是个女的，它随时会把车子顶翻，到时把你强暴了我可帮不上。"

我哪还敢动，所有的力气都吓没了。占堆把他的厚外套盖在我身上。我的整个身子仿佛闷在巨大的棉被里。这种地方本来就缺氧，再这么闷下去，我估计过不了多久就会窒息而死。但我不敢动。真是天意捉弄人，我一个好端端出来旅行的人，咋就瞬间变成了一个亡命天涯的逃犯？我这么蹲在车里真能逃避得了野牦牛野蛮的进攻吗？

好在，动物毕竟是动物，它并没有直接把我们的车子顶翻，也没有强迫性地冲过来开门大搜捕。它只是单纯地相信了自己的眼睛，透过车窗，它再也没有见着刚刚刺激它的红色外套和女人。因此，对这辆车子和占堆也便失去了兴趣。但是，它并没有瞬间走开，而是在车门旁边徘徊、犹疑。

当那头野牦牛完全绕到车身另一侧的时候，机智的占堆一脚油门踩到底，以冲刺的速度往前狂奔。野牦牛如梦初醒，在车后面扬起尾巴,猛地追杀过来。

占堆沉着冷静,命令我坐好,并系上安全带,拼命踩油门,直至野牦牛完全停止追赶,占堆才把车速放慢下来。

总算躲过一劫。有惊无险。

度过危险之后,占堆又告诉我一些自救的方式,他说:"万一下次再碰到野牦牛,第一件事情,就是把红色外衣脱了,扔掉就跑,尽量往高处跑,把自己藏起来。红色会让野牦牛兴奋和激动。它们一般不会攻击男人,因为它们对男人没兴趣。但是见了女人,便不会放过。尤其在它们发情期,你信不信,它们会强行把一个女人给睡了……"

我惊魂未定,不敢听下去。

"恐怖吗?"占堆说,"比这更恐怖的事多了去。生活在这儿的女人,经常会受到野牦牛的攻击,有的还真就怀上了,生下个莫名其妙的东西来……"

说到这里,戛然而止。我以为占堆是担心我过于害怕才打住,但立即,我就看见雾茫茫的草原上,有一大群牦牛正顶着风、冒着雪,远远地朝我们的方向涌过来。

"天哪!"我整个人都不好了。刚刚死里逃生,又来这么一大群。我想,这次彻底完了,我和占堆必死无疑。

然而,占堆却轻松地笑了笑,说那些只是牦牛,不是野牦牛,被驯化过的牦牛对人类已经不会再有攻击性。

一颗提着的心,放了下来,我吐出一口气,瘫倒在座位上。看着窗外那群涌动着前行的牦牛不禁感慨万千。人类总是喜欢去驯化别的物种。一头牦牛从野生到被驯养的过程,让我想起在这个世界上,无论是人还是动物,都同样拥有着一个抽象的、不可解释的命运。

它们构成世界之谜,构成命运之谜,也构成生活之谜。很多时候，人类总是会忘记自己是人，忘记自己只不过是用两条腿直立行走的动物的一种，而把自己当成可以任意左右万物的神和上帝。太多荒谬的事件正在被强行变为现实。而人类却把荒谬视作神圣，视为伟大的创举，并不断地肯定着自己的行为，最后把自己一步步地推向成功的祭台。

5

终于到了山下。仿佛被一阵狂风驱散了满天的阴雾，天空湛蓝，重归明亮和清澈。这场雪只在山顶飞舞，山下根本就不曾下，一片雪都没有。路况也明显变好。

一场虚惊过后，有一种劫后余生的感觉，让我的身体和精神彻底放松下来，倦怠和空虚席卷而至。饥饿感也来了。已经到了下午两点，早餐时占堆母亲做的那一碗牛肉藏面，让我和占堆在路上撑了足足五个多小时。

现在我们都饿了。

占堆说："你把我的衣服给了流浪狗，把我俩在路上吃的干粮也奉献给了流浪狗，看来我们只能挨饿了。"

"好吧，那就饿着。"我说。

他咧嘴一笑，一个猛刹车，"嗖"一下解开安全带，跳出车门，从车后面取出一大包干粮。

我被他逗乐，真的很感谢占堆的乐观。他的乐观和镇定也感染了我。无形中，我也在渐渐变得勇敢和无畏。我享受着在自然而然中产生出来的这份默契和相知相悦，享受着在旅途中从天而降的友情。虽然友情并不等同于爱情，但自有它的微妙和美好。

在我们的自然界中，自有一些人在统治世界，而另一些人

逃往经幡

组成世界。恺撒或拿破仑或一座城镇的领导人，他们之间只有量的差别，并没有质的不同。在他们之下，就是被忽略的我们：四处流浪的旅行者，惶然不安的民众，冒雪去看一只流浪狗并还将九死一生、奔赴未知的世界的占堆和我。

对一些人来说，这完全是一场危险重重又毫无意义的旅行，只有傻子才会这么干。我试图问自己，这场旅行的意义到底是什么？我活着，就为旅行？或者，是为了我的写作而去旅行？

经常会有人这么问我："你的旅行是否为了你的写作？是否为了能够写出与众不同的小说而甘愿冒着生命危险，才一次次地走出去寻找灵感之源？"

真是这样的吗？——我问自己。

记得在某个作品研讨会上，有个著名的评论家曾这么评价我："最近这些年，她经常跑西藏，写下许多关于西藏题材的作品，但是，她的写作成本实在太高，不说别的，就说飞来飞去的机票钱也不计其数……"

也有人曾这么鄙视我："只有一个缺乏想象力的人，才需要靠不断的旅行去获得感知，去不断地获取新的灵感，以此来滋养她的写作……"

——纵然如此，这又有什么错呢？我很迷茫。

首先，我不知道什么叫"写作成本"？如果他所指的"写作成本"，是我行走在路上所耗去的金钱，那么，他有没有想过，比起这个，更宝贵的应该是一个人的生命和时间。

我也问过我自己，我的冒险旅行真的只是为了写作吗？如果我不写，我就不再旅行了吗？

在我心里，答案是非常清晰的。如果我不写作，那么，我会有更多的时间行走在路上，更加自由自在地去旅行、去冒险、去体验旅途所带给我的种种悲欢离合。

对我来说，生命在于体验，旅行不仅仅为写作。

如果把写作者的旅行计作"写作成本"，那么，从不曾写下任何一个字而足迹却遍布世界各地的那些人呢？他们的旅行又算什么？是为了什么？

好吧，如果非要为我们的写作算一笔"成本"，那该是生命和时间以及生活经历的相加。曹雪芹呕心沥血写了一辈子，著下一部《红楼梦》。小说在人间流芳百世，而写小说的那个人，却已命归黄泉，烟消云散。这笔"成本"，又该如何去算，算得清吗？

不过，算计是人的本能。我们的生活离不开算计。或许，对大多数人来说，离开了算计，也就离开了生活，进入一种"无意义"的生活状态。

6

我和占堆在车里吃着牦牛肉干，喝着牛奶。胃渐渐踏实起来。阳光透过车窗洒在我们身上，也照耀着我们的脸。洁白的云朵又开始在我们头顶飘荡。

眼前的一切，多么诗意，又多么美好！

我们的车子仿佛一直都行驶在世界尽头。在路上，我看见别样的风景，看见永恒不变的神山和湖泊，看见瞬息万变的天空与云彩，遇见世界的温暖与危险，也遇见勇敢与脆弱的真实的另一个自己。我在路上，在我自己心里，在我独特的感知和体验当中。

我也相信，旅行就是旅行者本身。我所看到的，并不只是我看到的景物，还有我自己。

听上去有点绕口，但我心里澄明通透。我知道我在干什么，我也知道我想要什么和不想要什么。我不知道，是不是每个人都知道自己想要什么和不想要什么。但是，为了最终要到什么，我们总是会勉为其难地先去接受那些其实并不想要的东西。

离开鲁康噶那，手机又有了信号，网络也恢复了。信息和未接电话一下子跳出来。我又和外部世界建立起了联系。

一些无聊的信息来不及看，也不想去看。又有冯小青的信息和好几个未接电话。她早上明明在生我的气，现在又是电话又是信息的，我不知道她这又是想干什么。

正好遇上一段烂路，车子在猛烈颠簸，我没法仔细逐条阅读，好不容易回了她一条：

"刚刚几个小时都在山上，手机没有信号，也没有网络，没法及时回复你。早上的事情，请你别放心上，我只是随口一说，没别的意思。还请你原谅。"

为了早上的那件事，我顺带向她道了个歉。

在我的感觉里，冯小青向来自命清高、爱情至上，她和现在的很多女人不一样。自从离了婚之后，她好像更加洁身自好了。要遇上个好男人挺难的，而一般的男人她也看不上。因此，她宁可单身，决不轻易妥协。我想，早上我发出去的那条信息，一定是伤害到她了，所以才会被她骂"有病、脑子进水"。

我承认早上由于心血来潮不小心犯了个错。但下午的我已恢复正常思维，及时反省，向冯小青道了歉。

但我万万没有想到的是，下午却轮到冯小青"有病"和"脑子进水"了，她居然回过来这么一条信息：

"亲爱的，你早上说的那个单身汉，他叫什么名字？他人怎样，你觉得他靠谱吗？我思考了半天，还真心动了，如果他肯接纳我，我愿意飞过去。我只要在那边清清静静地度完我的余生。哦，亲爱的，我绝不是开玩笑的，此时此刻，没有人比我更迫切、更想逃离这座城市，飞奔去天边的天边，去蓝天白云之下，找一个愿意陪我的干净又纯粹的男人，与他一起度过每一个真实又简单的日子。"

冯小青，她疯了吗?!

这哪是我认识的冯小青。世界变来变去，生活在这个世界里的冯小青竟然也说变就变。这也太可怕了。完全让我措手不及，不知道怎么去回复她。怔愣着，手机在两只掌心之间翻过来又翻过去，像一只烫手的山芋。

"你看起来心事重重，发生什么事了吗?"占堆问我。

我心一横，索性直言不讳地告诉他："我有个小姐妹，最近遇到了点事儿，想逃离她生活的城市，飞到阿里来安度余生。我早上跟她说到了你，说你俩都是单身，年龄也差不多。本来，我想介绍你们认识的，但后来想想还是算了。可是，我没想到她现在却发来信息，说她真的想来投奔你……你，愿意吗?"

有时候，女人说话全凭直觉，不经过脑子。要是我经过大脑思考一下，也许我就不会再去说这件事了。

占堆转过头看我一眼，表情极其夸张，继而忍俊不禁地大笑起来，笑得喘不过气来，笑到眼泪纷纷，笑到油门错当刹车踩，差点儿把车开翻掉。

我说话时的表情越是认真，他就越觉得我在搞笑，是在拿他开玩笑，在逗着他乐。

没办法，为了证明我没有撒谎，说的每一句都是真话，我低下头去，默默地把冯小青的照片找出来给他看。

我说："我真的没跟你开玩笑，喏，就是这个女人，她长得很漂亮，文章也写得很漂亮，是个很称职的报社记者，但是，她现在不干了，她只想来阿里投奔你。"

占堆扫了一眼手机上的冯小青，也不知道他看没看清楚。他笑得更厉害了，说："你不愧是个大作家，一定是编故事编

逃往经幡

惯了，说得就跟真的一样。"

很奇怪，当占堆在这么说我的时候，竟然连我自己也觉得像是在撒谎。可是，我说的明明都是真的，甚至连一点夸张的成分都没有，字字句句都是真话。但，占堆不会相信，连我自己也开始怀疑。

"好了，别逗了。"占堆说，"我要好好开车。这里已经是噶尔县，离穹隆银城应该不会很远，借用你的手机导下航，我没到过那里，只知道大概的方向，你输入穹隆银城或穹隆遗址几个字，应该可以搜索到。"

好吧，我还能说什么呢。就好像编故事编了一半，听的人已经不要听了，只好强行中断，戛然而止。

我只得给冯小青回去一条信息，残忍地拒绝她："再说吧，我在路上，需要用手机导航，先不聊了。"

冯小青几乎秒回，估计她一直不转睛地盯着手机等我回复。我还没打开导航，她的私信就已挤进来：

"你这是在回避我，还是在玩弄我？没心没肺、无情无义的女人，早上说的话下午就不算数，你这人做事真不靠谱！"

我又惹她生气了。

但我也只能打住。再说下去，只会越说越不像话。

这就是我们所经历的生活。

生活本就没有真相。

7

根据导航显示，穹隆银城的遗址在海拔4400多米高的卡尔东山顶上。卡尔东山属于噶尔县门士乡。导航把我们从平原渐渐引入一段崎岖不平、盘旋迂回的深谷。

手机信号和网络消失了。这将意味着，在这条路上要是发生任何意外事件，我们都将无法和外界取得联系。

有一种隐约的恐惧笼罩着我。万一在这条路上车子坏了，或者没油了，再或者，遇到野牦牛和比野牦牛更野蛮到没谱的动物……我们，是否还能够回得来？

我没有把恐惧说出口，是因为我不敢说出口。但我毕竟是个不善于掩饰和伪装自己的人。我的那点儿心事，不管我说还是不说，都已经明明白白写在脸上，人家一眼就能看懂。

自从手机失去信号，我就静着个脸，一声不响。

占堆看出来了。

他试图安慰我："没事的，我们现在已经在山里，除了这条路，再没有别的路了。所以，我们不会迷路。我感觉穿隆银城就在这条路的尽头，只要沿着这条路一直往前开，肯定就能找到它。"

比起我在心里害怕的那些事儿，迷路真算不上是最可怕的。而占堆还以为我是在担心手机失去信号后，不能再跟着导航而迷失方向。我也便顺着他的思路走下去。

"不知道哪儿是尽头？"

"放心，古代人靠两条腿都能走得到，我们有车，还怕到不了吗？"我发现占堆好像越是到了危险重重的时刻，就越能够保持一种镇静和轻松的心态。

"古人有马车啊。"

我随口一说，没想让占堆啼笑皆非。

"马是平原上的动物，在西藏这么高海拔的地方，你让马儿怎么生存？"

"马从没到过西藏吗？"

占堆想了想说："世上只有成吉思汗的马到过西藏，当年

逃往经幡

他想占领我们西藏，在蒙古草原精选了一批南征北战、强壮善跑的马来到这里。结果，马匹在奔跑当中因为缺氧而肝脏炸裂，全都吐血猝亡，无一幸免。"

我假装倒吸一口冷气："原来住在这里的人，比马还厉害。"

"此刻你也在这里。"占堆大笑。

8

前面的路更烂了，车速堪比蜗牛爬行。路边始终有溪水相伴。抬头看，两边是陡峭挺括、高耸入云的山体，仿佛天地之间这座叫卡尔东的山体，被上帝之手劈成两半，从中间硬生生劈出一条路来。

这是一条古老的路，是通往古象雄王国唯一的通道。我想象着三千多年前的象雄祖先，他们就从这条路上走进去，又从这条路上走出来。它通往当年雄霸一方的穹隆银城，也通往阿里的南部和东部。

路面到处坑坑洼洼，有好几处塌方，泥土散落开去，和溪水相连接，水漫上来，淹没了道路的小半边。路面上的乱石嶙峋怪异，毫无规则，更可怕的是它的锋利。这些暴露在路面之上的石头，看上去像巨大的锋利无比的牙齿，一不小心就会咬断我们的车身。

占堆几次停车下去检查，尽管他已使出十万分的小心和耐心，把车速降到最慢，但四个轮胎的表皮层还是被石头切割得伤痕累累。好在还没有刺破内胎，还可以继续开。

我走过很多古老的路，记忆中，长年累月经日晒雨淋、雪腐风蚀而导致的路面塌陷和破烂不堪理应如此，然而，一条古道上暴露在路面的石头竟然会这般锋利，这可是我从未见识过的。它们面目狰狞、张牙舞爪，犹如杀气腾腾的凶器。纵然，铺上去的是如刀剑般的利器，经过三千多年风霜雨雪的侵蚀，也早该被时间磨钝、磨得圆滑了，何况只是些石头！这些石头怎么还会保持这种锐利和锋芒？试想哪一条千年古道上的老石头，还会如此锋利尖锐，散发出一股杀气腾腾的狠劲？

占堆也觉得奇怪，他说他从小在阿里长大，在水泥路浇筑之前，他记忆中的路都是坑坑洼洼的泥路，偶尔在泥路上也会长出几块石头来，但天长日久，那些石头都是钝的，不会那么尖锐地扎在路面上。

"这些石头，是不是现代人所为？"

我的疑惑立即遭到占堆的反驳："怎么可能？这里是生命禁区，连人影都没有，就算有人来，干吗要去弄这些石头，费这么大劲又有什么意义？"

"也是，曾经在这条路上走着的，都已经是三千多年前的古人了。现代人，又有几个会冒险走进这里？"

占堆纠正我说："其实这条路远不止三千年。三千年前象雄国王带领他的子民在这里建城，在象雄古国建城之前，它就已经存在了。在藏传佛教之前，阿里地区盛行的是苯教，苯教的最早发源地就在这里，据考古学家的探索和发现，苯教距今已有一万三千年到一万七千年的历史。也就是说，这条古道的年龄，至少也在一万岁以上。"

听来吓一跳！

原来一条与世隔绝的古道，真的可以与世无争、波澜不惊地躺在这儿直到天荒地老。经过一万多年的世事变迁和兵荒马乱，它依然幸存着，真是万岁万岁万万岁。

占堆认为，我们都误解了西藏的历史，就连他们本地的很多藏族人也都误认为，在印度佛教传入西藏之前，西藏根本就

逃往经幡

没有自己的语言和文字，而且以为当时的文化非常愚昧和落后。这种荒谬的说法被宣扬了好几个世纪，导致了西藏真实历史和本土文化的遗失。事实上，西藏的文化久远又古老，而且博大精深，它的源头就是古老的苯教。要真正了解西藏的文明，就必须先了解象雄文明。而要研究藏传佛教，也必须先从雍仲苯教开始。否则，任你怎么挖掘和深究，真相只会越来越远……

人生真是奇妙，我不是研究历史的，也不是个考古学家，不过一个飘在凡俗世界喜欢到处乱跑的小女子，却千山万水、鬼使神差地来到此地。感觉此刻的自己就在一万多年前的古道上生死穿越，前路茫茫，又诡异重重。

车速更慢了，一直在上坡。越往深处开，路况就越差。裸露在路面上的石头也越来越锋利。好几次车子挤在两块石头之间过不去，占堆不得不把车停下来，挂倒车挡，然后，再从石头边上小心翼翼地挪移过去。

到后来，根本就没法再往前开了。幸好在白天，要是天黑下去，或换一个没有经验的新手，估计四个车轮早被扎破了。

我看了下时间，已经下午四点。就算目的地就在附近，我们能够顺利到达，再回到占堆家里，也得在半夜了。

"天黑前我们必须离开这里。"我说。

"可是，我们还没到目的地。"

"再往前找找，如果再找不到，我们就放弃。我们的手机没有一点信号，这很可怕。"

占堆掐着指头，开始估算时间："从我们驶入这条路到现在，差不多用了一小时，我们还可以试着往前开一小时左右，差不多到五点为止。如果五点我们还到不了目的地，那我们就得先撤离。这里八点以后才天黑，留够三个小时，足够让我们离开这里。"

我只能听从于占堆。他是个警察。警察有警察的判断力，有别于常人的特殊嗅觉和感知。而且，他又在这块土地上生活了三十多年，比起外来的任何一个探险家都要经验丰富。这条路除了路况不好，应该也没什么大的危险。这里是生命禁区，山里寸草不生，没有任何植物，就连动物的痕迹也没有。因此，根本不用去担心会有野牦牛，或者有其他什么大型动物跑出来袭击我们。

只要我们能够在天黑之前离开，便不会发生意外。我这么想着。占堆也这么想着。当然，占堆要比我更自信，更有把握。

然而，意外发生了——

9

这种荒诞的、离奇的意外，就算再借我一万个脑袋，我也还是想象不到。是的，没有人会想得到。就连身为警察、经历过无数意外的占堆，也在这次意外来临之时措手不及、瞠目结舌。觉得这种事情完全不可理喻，根本不可能在现实生活中发生。

但，荒谬也好，不可理喻也罢，它就这样发生了，就发生在我们眼前，在我们的现实生活当中。

如果有人在此时此刻问我，世界上最可怕的动物是什么？我一定会毫不犹豫地回答：人。

是的，没有任何动物比得过用两条腿直立行走的、被称之为"人"的物种更可怕的了。

好吧，还是让我从头道来。

逃往经幡

10

正当我们计划着时间，商量什么时候撤离，前方的山路上忽然便出现了一个180度的大拐弯。完全峰回路转，彻底反了个向。本来在路的左边是陡峭的山体，右边是溪水，溪水右边又是陡峭的山体。绕过弯之后，变成了路的右边是陡峭的山体，左边是溪水，溪水对面就是另一座分体的山脉。

举目望向溪水对面的那座山顶，赫然可见浩浩荡荡、绚烂耀眼的经幡群。我见过藏地无数经幡，但还从未见过这么多，多到能够让你立即就会想到用"无穷无尽""无边无际"等词汇去形容它们。它们密密麻麻，铺天盖地地占领了对面的整座山头。它们给人的感觉甚至是妖魅的、诡异的、深不可测的……它们在天空中飘扬、在岩石间缠绕、在大地上堆叠翻滚如波浪、在天与地之间密集呼啸如古战场上弥漫的硝烟。

原来，这里就是传说中的"穹隆银城"，它不只让我感到震惊，一种来自直觉上的恐惧，让我几近窒息。

我完全没有想到，这座被称之为"遗址"或者"废墟"的山头，竟然如此绚烂夺目、流光溢彩！

我们的目光在寻找着渡过溪水到达对面山头的道路。很快，就发现了在我们的前方有一处宽阔的经幡群，它横跨在湍流不息的宽阔的溪流上，经验告诉我们，那是一座桥，它被密集的、耀眼的、绚烂无比的经幡所覆盖，不仔细看，你都不知道那就是一座桥。跨过这座桥，我们才可以到对面的山上去，去膜拜那座被经幡完全统治的曾经威慑一方的象雄古城。

但，我们的车子过不去。就在离那座桥不远的路中间出现了两堆巨大的"玛尼堆"。"玛尼堆"在藏语里也被称之为："朵帮"，意思是"垒起来的石头"。在当地人看来，玛尼堆有"阻秽禳灾和镇邪"的作用。在藏区的许多山间、路口、湖边、江畔几乎都可以看到。这种经人工有序叠砌起来的石头堆，当地人也称为"神堆"。石块上大都刻着六字真言、慧眼、神像和一些代表吉祥的图案。也有的只是从路边所捡的一些普通石头。藏地的人们把石头视为有生命和有灵性的物体。路过玛尼堆时，他们就会不断地往上叠加石块，并用自己的额头去碰触它，口中念念有词。

想不通的是，眼前的这两堆玛尼石，是何人所为？难道是三千年前就留下来的？它们的神秘和威慑程度，犹如王爷府前不怒自威的石狮子。玛尼堆旁边的两排风马旗拔地而起，在风中猎猎响。你甚至会出现幻觉，在每一面风马旗下，都立着一位视死如归、披甲戴盔的将军。他们死去多年，魂魄却依然守候在此，手里紧握着他们的旗帜……

玛尼堆之间的距离，根本容不下一辆车子通过，和前面那截烂路不同，裸露的石头再尖锐，我们依然可以小心地避过、绕开它们前行。但现在不能。如果非要开车过去，除非用车子去撞倒那两堆玛尼石和风马旗。可是在藏地，谁也不会这么干。谁敢去冲撞玛尼石和风马旗呢？就跟没有人敢朝着经幡开枪是一个道理。

摆在面前的只有两种选择：撤离，或者弃车前行。

几乎没有任何疑虑，我们选择了后者。都走到这里了，不就是跨过一座桥，再爬到对面的山头上去么。经目测，那座山头也没有多高，想着也花不了多少时间。想是这么想，但下了车，就发现自己竟然挪不动脚步，仿佛是那种气场不对，或者

逃往经幡

感觉到了什么异样，心里七上八下的。这种自然而然诞生的忐忑和不安，肯定不是时间问题，而是，来自一种说不清来由的直觉上的恐怖。

行走藏地那么多年，累积起来的常识性经验自认为不少，但此刻，却完全被眼前的这一幕击得粉碎。我不得不努力尝试着去动用我的理性思维，重新建构起我的经验。只要到过藏地的人都知道，经幡是雪域之魂。经幡缘于藏族先民崇信自然、祭祀神灵的一种仪式。经幡上印有佛经，随风飘动一次，就如同诵经一次，祈祷一次。悬挂经幡是千百年来流传于藏区的一种宗教习俗。哪里有经幡，哪里就有神灵和信仰。

11

暂且抛开信仰与神灵，先说说经幡的制作。

对每一位佛教徒来说，关于佛教的一切，都是要用心的。所以古时候的藏族人家，都自己印制经幡，他们把经文刻在石头上或写在布料上，在刻写的过程中，通过自己的心、口、意进行祈祷。所以古时候的藏族人制作经幡，很讲究经幡制作面料的选择，染料制作原料的选择、配比和方法。

藏族人制作经幡的面料，一般分为上、中、下三等。上等为织锦和丝绸，中等为普通的绢布毛料，下等则为氆氇等粗毛织品。

他们使用的染料由水、牛奶、白糖和"栽"混合制作而成。"栽"是一种天然的红色矿物颜料，不添加其他任何化学试剂。这些布料和染料，几乎无污染，可降解，而且，使用寿命长。在经历天长日久的风吹日晒之后，它们可以慢慢地回归自然，并不会给环境带来什么压力。古时候人们对经幡的纯天然、纯手工制作里是凝结着虔敬与神性的。

到了现代，人人都图方便、图快捷，为了降低时间和成本，早就没有人会自己动手去制作经幡了。我们在藏地看到的经幡，全是从市场上购买的，且是被批量印制出来的。这些经幡由现代工业合成的化纤材料制成，染料也都是化学制品的混合。内在的东西早就没有了，表面上的文化和习俗貌似还在保留着，但实际上，只是保存着一种文化的空壳，一种存在于表面的仪式而已。

当然，我想说的并不是经幡的制作和传统文化意义上的问题。而是，我很清楚：即使内含着虔敬与神性的"古代经幡"的制作过程再高级、使用的寿命再长，那也不过是一块布料，天天被狂风撕扯着，被强烈的紫外线照射着，被万能的时间侵蚀着……它的鲜艳和绚丽断不可能持续千年不变；更何况通过化纤做成的"现代经幡"以及上面用化学染料印下的经文，根本经不起几天时间的烈日暴晒和风吹雨打。如果有一阵子没有人去换上新的，旧的经幡很快就会被晒成一团凄惨的灰白色，经幡上的经文也会随之变得模糊不清、褴褛破败或者消逝不见，总之，它们会在短时间内就变成一堆肮脏不堪的垃圾……然而，此刻出现在我眼前的、覆盖了整座山头的经幡，却如此鲜艳夺目、绚烂无比，这就是我细思极恐的真正原因。

此地已是遗址，是无人抵达的废墟，荒芜寂寞了几千年，人和畜甚至连飞鸟也不会飞过的这座山头，为何经幡依然绚烂、鲜艳如新……这到底是怎么回事？

心里恐惧着。但，还是跟着占堆往前走。好奇心压倒了一切。占堆不是警察么，警察自带着光芒和正能量，万一发生什么意外，他一定能够保护我。

逃往经幡

12

此刻，我和占堆朝着传说中的遗址走去。

穿过那座五彩经幡缠绕的独木桥，仿佛穿越回三千年前的古象雄王国。那儿盛世繁华，那儿人声鼎沸，那儿鼓乐漫天，那儿国泰民安……

据记载，古象雄王国在七世纪前曾经达到鼎盛时期。当年的象雄王国不低于一千万人口。吐蕃王国逐渐在西藏崛起，到公元八世纪，彻底征服了象雄国。此后，象雄文化渐渐消失。

西藏最本土和最古老的佛教雍仲苯教的文献，如今被专家称为"象雄密码"。在《吐蕃王统世系明鉴》里有记载："自聂赤赞普至墀杰脱赞之间凡二十六代，均以雍仲苯教护持国政。"当时的古象雄文字，主要用于苯教经书典籍的书写。现代的藏族人仍在使用的许多习俗和生活方式，也都是从古象雄时代留传下来的，它们体现在藏族同胞的婚丧嫁娶、天文历算、医学文学、歌舞绘画、卜算占卦等方面。在他们的日常生活当中，或者，在他们祈福的时候，比如转神山圣湖、撒风马旗、悬挂经幡、堆置玛尼石、在石头上刻写经文等等，还是沿袭着苯教的古老传统。

雍仲苯教的发源地就在眼前，它曾拥有千万民众、繁华盛世，如今却被尘封在这座雪域高原之上，遗世独立。

此刻，巨大的风呼啦啦地吹起五彩经幡，仿佛无数的灵魂深藏于此，在经幡群中随风飘舞，转世，重生……或许，它们正以另一种方式聚集在此，或者，它们从未曾离开。

我们继续向那座山头走去。此时正是下午五点，高原的太阳依然明晃晃地照耀着我们。只要有光，我们就有胆，就有力量。反正身边有警察保护，我怕什么？据说神灵一般会在夜间出没。在明晃晃的太阳底下，它们不会出现。无论如何，我们在天黑之前就撤离，这样想着，心里渐渐澄明、无所畏惧起来。

我的手机和行李箱全扔在车上，因为带着也没用。在没有信号和网络的世界里，手机只不过是个废物。而占堆，竟然也没带上他的手枪，他把它藏在驾驶座右边的小抽屉里。他一定以为，带着枪也派不上用场。山上全是经幡。万一遇到危险，他也不会朝着经幡开枪。给他一万个胆，他都不会这么干。

13

就在我和占堆走上半山腰，靠近经幡的时候，突然闪出来两条人影。

——吓得我！

开始以为是幻觉。再仔细一看，确确实实是人。两个戴着面具的人。一个戴着青面獠牙的面具，另一个戴着大红面具，看上去血盆大口、张牙舞爪的样子。

"不怕！"占堆镇静而有力地对我说。对于一个受过特殊训练的警察来说，也许在他的观念中，只要是人，就没什么好怕的。

确实，碰见人是没什么好怕的。但是，在这个本不该出现人的地方，人却突然出现了，而且，是从经幡堆里鬼影一样闪现出来，又戴着这么古怪的面具……这一幕，比在黑夜里撞见鬼还要令人惊恐。

如果他们不是人，是鬼倒也好。我脖子上挂着从冈仁波齐神山请来的护身符，是止热寺的活佛亲手做的，手腕上的红珊

逃往经幡

瑚也是在大昭寺里受过加持的，据说受过加持的这些物件能量无穷，可以帮助我驱邪降魔，避开一切不好的事物。我甚至想着"占堆"这个名字，它在藏语里的意思即是"降妖驱魔、克敌制胜"。天知道，我竟开始相信所有的护身符和那些并不存在的虚无的意义了。

佛说，相信是一种力量。你要去相信"相信"本身，它能给你带来好运。此时此刻的我，愿意相信一切虚无的力量……

"欢迎你们!"青面鬼居然开口说话了。不，他不是鬼。他是人。那是人的声音，是从面具后面传出来的真真切切的人的声音。

红面具也随即发出低沉而有力的声音:"请跟我们来!"

——仿佛来自阴曹地府的邀请!

巨大的风漫过经幡，我浑身直打哆嗦。

"欢迎你们。"

"请跟我们来。"

——他们凭什么对我们这么说，难不成这座山头是他们的地盘?

他们是谁? 难道是三千年前的象雄人? 我们真的穿越了吗? 或者，我这是在梦游，并不在现实生活中……

我狠狠掐了下手臂，一阵生疼。我的心跳得像擂鼓，不敢多看他们。我看着占堆。占堆显然比我理性，也比我镇定。他一定不会像我那样生出一大堆乱七八糟的幻想，他也一定不会相信什么现世穿越，那只不过是玄幻小说里才会发生的事情。他长着一颗警察的脑袋，会去进行理性分析，并迅速找到应对的方法。

"你们是谁?"占堆在反问，"为何会在这里?"

"别问那么多，见过我们宗师就知道了。"红色面具说。

"宗师?"占堆满脸的茫然懵懂。

"宗师"这个词，越发激起了我们的好奇心。那么，在这座山头上，在森林般密密麻麻的经幡群中，一定还隐藏着别的一些什么人，或者，存在着某个组织？在这荒无人烟的天边，简直不可思议。

对方没有回答占堆，而是直接走近我们，做了个请的手势："请吧!"

声音不重，听上去还很礼貌，似乎只是一种邀请，却充满不可抗拒的威力，约等于命令，容不得你推辞。

我不知道占堆心里是怎么想的。反正这个瞬间，我忽然觉得我们可能是遇见了两个疯子，或者，是两个神经病患者。要不就是中邪了。不是他们中邪，就是我们中邪。总之，肯定有一方中了邪。

占堆没有理会他们，直接对我说："我们走!"语气坚决而强硬。

然而，我们走不掉。

占堆的话音刚落地，还没等我们迈开步，就像变戏法似的，黑压压一群人忽然从经幡堆里冒出来，把我们团团围住。

我和占堆再次瞠目结舌。怎么会有这么多人钻在经幡里？怪不得经幡如此密集和鲜艳，几乎覆盖了整座山头。原来经幡群里住满了人，是这些人在不断地悬挂新的经幡。

此时此刻的我，因受惊吓而狂跳的心脏反而镇定下来。天有不测风云。我已清醒地意识到，我们遇到了危险，但到底有多危险，我仍一无所知。我只知道，害怕和惊慌毫无用处，目前最需要的是镇定和机智。占堆的镇定和勇敢也在感染着我。我们得迅速站在一起，并在心里达成高度默契，去理智地分析眼前的状况，然后伺机脱身。

我已确信他们是人。

但，心里未免恍惚。仍然在怀疑他们到底是人，还是鬼，还是别的什么东西。他们都戴着各式各样的面具，让人眼花缭乱。他们身上的衣服几乎都是灰黑棉袍和加大的裤子，你完全看不出来面具后面的他们的长相、身份和每张脸上该有的喜怒哀乐……我再度对自己心生怀疑，怀疑是不是我自己出现了幻觉。我平时电影和小说看多了，难不成是我想象中的一些奇怪的事物突然在此刻呈现出来？或者，进入这条千年前的古道，我们真的穿越回了古代？

"欢迎你们！"有个苍老又浑浊的声音在空中盘旋："二位，既来之，则安之。"

我和占堆到处寻找这个声音，不知道它是从哪一个面具后面发出来的。我们环顾四周，并没有立即找见。

我的心又开始狂跳。

他们到底是些什么人？凭什么要这么强硬地"请"我们留下来。他们正在向我步步紧逼。毫无疑问，如果我们不答应留下来，下一步的他们一定会"强请"。

如果我们留下来，后果又会是什么？在这巫幻森森、危机四伏的地方，在这令人恐怖的假面人群中，我不敢继续往下想。

他们把我们围在中间，形成一个圈。圈子还在缩小。我心惊胆战地望着占堆。我多么希望占堆，忽然就变成一个武功绝伦的盖世英雄，只要一个旋转式的扫堂腿，就把所有的人撂倒在地，然后带着我风一般逃走。

可是，占堆不是盖世英雄，也没有什么绝世武功。要是他和那群人真的动起手来，一定会寡不敌众。好汉不吃眼前亏，我开始担心占堆会否一时冲动，真就和他们打起来。我忽然想到占堆的手枪。要是占堆身上带着枪该多好。可是，我又忘了，此地经幡如雨，即使有枪，也是没有用武之地的，占堆不会朝着经幡开枪。

"有经幡的地方就有神灵。"这些人肯定深谙此道，不遗余力地把经幡源源不断地运进来，铺天盖地地悬挂于此。经幡是他们的保护伞，是他们的庇佑所，也是他们的护法神。

当圈子缩小到不能再缩小，他们集体站住，就这样密不透风地把我们困在人墙之中，如雕像般凝固不动。

每一个面具都有所不同，但都没有表情，没有温度，完全不知道面具背后的人长什么模样，也不知道他们到底想干什么。为什么非要我们留下来，不让我们走？他们像一堵人肉堆砌的墙，挡住我们的来路，也封住我们的去路。他们集体噤声，不发一语，空气里全是紧张的气氛。

眼看着已经到了剑拔弩张的地步。再这么对峙下去，恐怕会出大事。

占堆首先发话，打破了这份僵持："你们是什么人，到底想干什么？"

"不管什么人，今天能够走到这里来的，就都是同类人。把一切都放下，把世界放下，把爱恨情仇、功名利禄统统放下，从此，让我们生活在一起，无忧无虑、无牵无挂地活着，或者等死……"

这回我看清楚了，是金色面具在说话，一字一顿，像是在背书。估计这番话他跟好多人说过，已背诵得非常流畅。

"凭什么？"占堆平静地回击金色面具，"我们不想和你们在一起。"

"不凭什么，是命运让我们绑在一起。"金色面具的声音沉稳如石，苍老而坚定。

"我们走!"占堆再次试图脱身，他还是不信邪。

他想走，想硬走。

但是，我们走得掉吗?

就在此时，那些人齐刷刷地亮出短刀和匕首。不知道这些凶器是从他们的袖口、胸部，还是从身体的哪个部位拔出来的。只是一眨眼工夫，便不约而同地亮出各自的凶器。而我们，赤手空拳，毫无防备，又如何对付得了这么多神出鬼没、不明来历的人?

"我们走不掉的!"我绝望地对占堆说，"不如先留下来。"

事已至此，想必横竖都逃不过，我反倒镇定下来，不那么害怕了。

"我们不走。"我对占堆，也对所有人说。

话音刚落，一个戴着灰色面具的人立即跑过来对我们说："你们肯留下来就真的太好了。"

他的声音，我听着竟然有点耳熟，但我想不起来是在哪儿听过。他又挥着手对大伙儿说："你们先散了，就让我来说服他们，请大家放心!"

"好，就给你这个机会!"金色面具手一挥，大伙儿果然收起凶器，纷纷散去。

他们各自进入经幡群中，就像小动物窜入原始森林，迅速无影无踪。

很奇怪，我对寄居于经幡群里的他们的生活，发生了浓厚的兴趣。这些人，他们到底是如何过日子的，又靠什么生存?我也好奇于这个戴灰色面具的人，他凭什么保证他就一定能够说服我们，让我们自觉自愿地留下来?

不过，在这个世界上也有一种人，基本上没什么生活能力，反倒喜欢把大话说在前头。

14

这个人，不是别人，是老部。

没错，就是那个被我们从一场车祸中救回来的老部。难怪我听着声音耳熟。也难怪他会当着众人的面挺身而出、以身担保。他只是想尽快把那些人打发走，先把眼前的局势稳住，然后，把一切实情告知于我们，再和我们商议逃走的计划。

在老部摘下面具的刹那，我眼前一亮，仿佛看见了一道光。有一种奇异的感觉，感觉他的存在，就是为了来救我们的，他是我们的救星。

这也应了一句："世上所有的惊喜和好运，都是你积累的人品和善良。"

幸好我们在札达的土林里救了他一命，虽然，他一心向死，并无生还的意愿，但，既然死不成，我们对他的救命之恩，他还是用心铭记着。仿佛因果轮回，现在轮到老部来救我们了。

那晚在札达的小诊所里，老部被带回去之后，居然被要求写了一份关于翻车事故的详尽说明，并被要求对"阿尼啦自焚"事件表示忏悔。

老部很郁闷，他觉得自己根本没有错，阿尼啦自焚的时候，他人都不在场，却为何偏偏要他来担此重责？但人家不给他申辩的机会。迫于无奈，他就像写书一样，绞尽脑汁地给他们编写了自己的回忆录、忏悔书和检讨书。他觉得天底下再没有比这更荒诞的事儿。每一句都是谎言，但他不得不写。

但写归写，老部心里很不服气。他不过一个司机，凭什么阿尼啦自焚事件要怪罪到他头上去。

老部本来就是个不想活的人，他总觉得日子一天比一天灰暗和无聊，发生在日常的那些事也了无意义。他身边的那些人就更不用说了，没有理想，没有追求，没有正义和抱负，他们只是鬼影般地活着，人云亦云、形同傀儡。

了无生趣的老部，便选择来到此地。

刚到阿里那年，他便听说在阿里的西部有个遗址叫"穹隆银城"。听说那里荒无人烟，生命绝迹，人与动物都难以抵达。于是，老部想，把自己扔到这个遗址上去慢慢等死也不错。

可是老部万万没有想到，他刚到这里就立即被人抓了起来。老部心想，这老天爷还真心是不想让他去死。人间花样百出，那就不妨先留着这口气，看看这又是玩的哪一出。老部留着这口气，用以窥探仅剩的令他颇为好奇的这些人。

说白了，这里是一个厌世者的"乌托邦"。都是一些不怎么想活下去的人。他们身份各异、经历不同，有些曾受过良好的教育，在社会各界奋发图强，是社会的精英分子。然而，最后的他们，却选择放弃俗世生活，放弃功名利禄，放弃爱恨情仇……只求在此安度余生、别无他念。

如果说，放弃就是造反，不服从是另一种对抗，那么，选择自杀或者遁世，是不是也算是一种对抗？他们不能让外界知道这份隐秘的对抗，不想让这个最后的自由的"净土"，也被世俗的功名利禄所干扰。

然而，有人的地方就有江湖，有人的地方就有权力。老部说，那个"金色面具"，就是他们的发起人，也是这个乌托邦的"最高领袖"和"立法者"，被人尊称为"宗师"。

但是，没有人知道他的真实来历和背景。来到这里的人，彼此之间都不需要重提旧事，也不愿被重提旧事。他们只活在当下。活过一天，算一天。没有过去，也没有未来。他们是一帮"空心人"，是对世事已然无欲无求、无所牵挂的人。

"不念过往，不畏将来，无惧无怕，无色无相，与世无争。"——这是他们的人生格言。

为了覆盖每个人脸上的七情六欲和喜怒哀乐，"宗师"规定，但凡加入"乌托邦"的人员，一律都得戴上面具。无论你在面具后面笑也好哭也罢，你在人前始终都是淡定的、安静的。你的喜怒哀乐与他人无关。与你自己也无关。面具将你和别人的世界隔离开来，也和你自己的世界隔离开来。面具给予你强而有力的心理暗示，你已与世隔绝，放下一切焦虑、不安、怨恨、痛苦、无助和沮丧。你只要变成一个空壳，你只要没心没肺地活着。这里是你的"乌托邦"，也是你的"理想国"。只要你走进这里，就再也不可能走回去。你没有回头路，也不会给你回去的机会。

因此，按"乌托邦"的"法律"规定，我和占堆无意中闯入此地，除了归顺于他们，和他们在这里一起活着，一起等死，别无他路。

老部刚来那晚，曾亲眼看着他们杀死两个远道而来的探险家，活生生用短刀割破喉咙。

听得人不寒而栗，毛骨悚然！这是什么"乌托邦"，什么"理想国"，简直就是人间地狱！不过，世间任何的繁华与美好，都需要付出残酷的代价。如果你对这个世界完全死了心，对你原来的生活也彻底深恶痛绝，但，死又死不成，或者，还不想立即去死，那么，这里便是最好的选择，是你踏破铁鞋也难以找到的"天上人间"。

"他们吃什么？"我忽然关心起吃，民以食为天，等死也得吃东西，不然哪有力气等死？

逃往经幡

"吃牛肉干。"

"这里寸草不生，生命绝迹，哪来的牛肉干？"

"会有人秘密出去购回一些风干牛肉。"

很难想象，这群人每天只吃牛肉干何以度日？这里没有电，没有火，没有高压锅，连米饭都煮不熟。

老部摸了摸自己平坦的腹部，说："要彻底灭绝一个人的欲念，必须从饮食开始。当一个人的活着只为活着，生存其实是一件极其简单的事情。只要你在这里待上一段日子，就会发现，只要给你一根牛肉干和一点水，差不多就够你活过一整天。"

我和占堆都沉默着，想象着那些终日戴着面具、一天一根牛肉干打发着日子的"自由的幸存者"的生活状态。

老部又说："你们知道在不丹有一位苦修的高僧吗？据说，他用一粒米熬米汤，可以持续吃三个月，依然活得健康长寿。"

好吧，我不知道有这位高僧大德，也不曾听人说起过这件事，但我相信，这种人一定存在着。在这个世界上，什么样的人都有，什么样的事都会发生。

天色渐渐黯淡下去。四顾无人，老部说，时间差不多了。他要带我们去选面具。在这里，每个人都得戴上面具。这是一种仪式，也是一种自我保护和隔离。老部说着话，重又戴上那个灰色面具，对我们说："跟我走吧。"

占堆迟疑着，似乎还在绞尽脑汁想着如何逃走的办法。

难道还会有别的办法吗？此时此刻，经幡堆里潜伏着几十个甚至更多的人，他们一定在紧紧地盯着我们。

除了跟老部走，我们没有退路。

15

夕阳如血。铺天盖地的经幡在风中飘扬。

我有些头晕目眩。跟老部进入经幡内部。这是一个与世隔绝、别有洞天的世界。完全打破和超越了我的想象。那些人，他们全都蜗居在一个个洞穴之中，状如动物。

那些洞穴，是三千年前的古象雄人曾经居住过的家。古人一定不会想到，在三千年之后科技高度发达的现代文明社会，居然还会有人不远万里跑来这里"穴居"。当然，这些现代人，他们的到来并非因为喜欢，而是对现代生活的彻底放弃。

象雄国的国王也万万不会想到，他带领他的臣民在这里建立起来的这座象征着至高无上的权力的"穿隆银城"，却会在几千年之后的今天，成为这些"遁世者"的归隐地。

这些遁世者，默默地寄居在此，他们相依相存，井水不犯河水。你在你的洞穴中，我在我的洞穴里。若是走出洞穴，便各自戴上面具。没有哭泣，也没有笑声。这是一个没有表情的世界。看不见喜怒哀乐，也听不见嬉笑怒骂。或许，对他们来说，"看不见"，就等于"不存在"。

他们亦不能摆脱无聊，因为他们就是无聊本身。天天空虚、麻木，没有生活重心，与动物类同。他们就是一个个"活着的死人"。不知道原来的生活曾带给他们多少压力、焦虑、恐惧和厌倦，才会迫使他们选择走上这条道路，让自己在活着的时间中慢慢死去。这些人，又不想立即结束生命。他们只是选择这种方式逃避现实，或者，以这样的方式进行对上半生的赎罪。

他们中的绝大多数，或者所有人，都认为自己是正义者。也许，他们从不曾了解过自己的内心也有过肮脏和自私。也许，他们从不曾恨过自己的猥琐和阴暗。

或许，在这些人心里，所有罪孽的创造者，都是别人、别人、别人……，而他们，永远都是无辜的，是无罪的，是受害者，也是幸存者。某一天的某一刻起，当这个世界在他们心里变得难以承受，再也无法立足的时候，除了采取逃避的方式，他们没有更好的选择。

他们明明只是一群遁世者，却又自称为是彻底放下一切的开悟证果的"圣人"。他们绝不会认为，自己已经是这个世界的"剩人"。不管是"圣人"，还是"剩人"，他们目前的生活状态，都好像是植物人，是一具具会走动的无情又绝义的尸体。

无论他们经历过什么，对这个社会作出过何种贡献，此刻，在这个天边的天边，在我眼里，他们都是可怜之人，是被现实生活彻底打败的一群人。

当然，在这个群体里，也会有误入歧途的人，他们并非特意到达此地，或者，特意而来，却未曾料到会是这样的局面，却又无力改变，回头无岸。

他们强行留下我和占堆的目的只有一个，就是阻止我们将这里的消息传播出去。一旦泄露，意味着这个世界的秩序和宁静就会被打破，他们的生活就会受到外来力量的干扰。

这片遥远的遗址，是他们擅自占领的"禁城"，是他们的"理想国"。寄居在理想国里的这些人，都抱着一种"你不犯我，我也不犯你；你若犯我，我必犯你"的原则。这也是他们最后的方寸地，退到再无可退的退隐地。他们在没有法律、没有竞争、没有声色犬马的地盘上，享受着什么也不是的伟大的暗夜荣耀，在远离尘世的洞穴中自我编织着不为人知的阴郁的威严显赫，体验着一份荒野僧侣或幽居隐士才会产生出来的崇高感觉。

面具室也在一个洞穴里。四面的墙壁上，全是各式各样的面具。你可以选择任何颜色和款式的面具，也可任意更换。金色面具除外。金色面具是"宗师"戴的，是他人不可分享和共用的。

"宗师到底是个什么玩意儿？"占堆随手拿了个暗棕色的熊猫面具左看右看，他脸上的表情完全是戏谑的，"那个人，他是要在这里自我封王吗？"

我说："宗师不同于国王，从字面意思来讲，是为众人所崇仰的堪称师表之人，或者，是在某一领域内有着极高的成就者，相当于开宗立派的大师级人物。"

占堆问："那他就是开创这个乌托邦的最高成就者？"

老部说："差不多是这样。宗师这个称呼，在这里相当于神。"

占堆说："我很想去查一查这个人的身份和来历。"

警察有警察的探知欲，写作者有写作者的好奇心，我们都对神一样存在于此的"宗师"充满好奇，也对穴居在此的所有人心怀好奇。他们为何如此彻底地弃绝于尘世，甘愿沦落至此？

据老部统计，在这里的"穴居者"，远不止那几十个人，但他们深居简出，极少聚集，再说老部也是初来乍到，还没完全摸清楚实际人数。

墙上有两个几乎一模一样的米老鼠造型的面具，我取下来，自己戴一个，另一个给占堆，我希望我们能够在任何地方一眼便能认出对方来。

16

是的，我一夜无眠。

这是我出生以来第一次，在洞穴中度过一个漫长的夜晚。我竟然阴差阳错地成了一个"穴居者"，仿佛穿越到了几千年前的象雄王国。

可笑的是，在此之前，我曾渴望在这里成为一个女王，然而如今真的置身于此，竟然会是这种局面。

我不止一次地想，在这种没有水、没有电、没有书籍，也没有网络和信号的洞穴里，即使授予我女王之权力和威名，我亦断然不能接受，强留之，毋宁死！

我需要自由呼吸，我需要行动自由。而此时此刻的我，却被一种莫名其妙的理由控制在此，我被剥夺了所有的自由。这让我感到愠怒，却又不可发作。沮丧和无助渗透在我身处的这个毫无生命的洞穴之中，这是发生在阳光下最为明目张胆的囚禁。我的心缩成一团。仿佛被强行脱离了人类。我是什么，我曾经是什么，哪一个是我，我几乎忘记了自己的名字。我不知道我为何就走到了这里？我也不知道明天的我还将如何度过，还有没有明天？

老部不知从哪儿弄来两只睡袋。我一只，占堆一只。防风防雨的面料，深灰色的，让人想起包裹尸体的袋子。整夜，我都毫无睡意。却听见隔壁洞穴中的占堆已然沉睡，隔着墙壁，我都能听见他的呼噜声。

我知道，足够的睡眠对一个人多么重要。理性和冷静，是一个警察在关键时刻表现出来的基本素养。而我，一个喜欢到处漫游的写作者，内心脆弱敏感，总是容易被情绪左右，被感性牵着走。

洞穴里没有灯火。我独自一人，蛰伏在我的洞穴中，思绪纷飞，在无眠之夜踟蹰、徘徊。山风呼啸着，吹得经幡猎猎作响。我的沉思几度被惊醒，仿佛一个又一个梦的结束与开始。

在这与世隔绝的世界尽头，感觉有无数幽灵出没其中。而我，一个神志恍惚的失眠者，像一片迷途的落叶。狂风将我从地面掠过，我随风飞扬，被卷入各种离奇诡谲的故事里，却不可与人倾诉。仿佛双唇已被密封。

眼皮越来越沉，脑袋如铅，我感觉到困倦。我很困倦。非常困倦。纵然如此，我还是不能入睡。我仿佛离开了这个世界，离开了自己。感觉自己如此遥远。我所置身的洞穴，也离我无比遥远。我在思考我的执着和追寻，我又为何会沦落到此？我像要准备着去倾听和分析别人的故事。仿佛此时此刻我拥有的屈辱、悲伤和愠怒也是别人的。我只不过是在用心体验。当我在书写别人的故事的时候，亦是如此。用心体验。让自己感同身受。

我在洞穴中开始回顾过去。我忽然发现我已不能将我的"过去"称之为"最近以来"或"前一段日子"，我感觉我已离开人间好久好久。一种幻灭的感觉覆盖了我。我甚至觉得这种幻灭的体验，过早地发生在了我的身上。除了感觉的变化，什么也没有发生。为了自由和呼吸新鲜空气，我跋山涉水经过千万里的行走，却突然走进这个洞穴之中，仿佛掉进一个不可自拔的深渊。

我的行走，仿佛变成了我小说中的某个虚构的情节，不，它比虚构更离奇。这种同时包含了感觉和意识的体验，逼迫我过早地去面对死亡和消失。我深深地感觉到，此时的死亡和消失，离我如此之近，仅一步之遥。

　逃往经幡

月光如银盘，星星也布满了夜空，呈现在我眼前的夜晚亮如白昼。而我已失去观赏的心情，悲伤从诸天和世界倾泻而下。强烈的焦虑和不可名状的感觉攫住我。我惘然地睁大眼睛，身体却已进入休眠。我知道，在这个深不可测的寂静又荒凉的夜里，没有什么比能够睡着、进入梦境更令人愉快的了。而我，却无可救药地醒着。

17

凌晨时分，我听到一阵粗重的喘息，伴之而来的是咳嗽，是那种声嘶力竭、揪心裂肺的咳嗽。你能感受到发出咳嗽的那个人痛苦至极、生不如死的状态，在这个夜深人静的时刻，听起来惊恐莫名。

我能听得见，别人当然也能听得见。我不相信所有人都在此刻沉睡不醒。就算沉睡，也会被这阵咳嗽给惊醒。咳嗽间隙，我清晰地听见那个人在苦苦哀求："水，水，能否给我水？"

可是，没有人从自己的洞穴中走出来，甚至连一点点动静都没有。仿佛那个人哀号的声音，只是一阵山风吹过。这令我特别不安。一种混杂着轻蔑、悲伤、愤慨和生理不适的感觉油然而生。这些自称为"幸存者"的人，俱已行至山穷水尽才会投奔至此，本应是一群患难与共、息息相通的人，却为何对同伴如此冷漠、见死不救？这到底是一群什么人？我带着讽刺的悲伤，从黑乎乎的睡袋里钻出来，弓身走出洞穴。

离开洞穴，我发现我的牙齿在打战，浑身都在颤抖。来自身体的冷，只是一小部分原因，更多的是来自心底深处的冷。我走在寒气逼人的星空下，穿梭于重重经幡之间，循声而去。

我想去隔壁叫醒占堆，让他陪我一起去找到那个人，并帮他渡过难关。我知道占堆绝不是个见死不救的人。我走到占堆的洞穴，分明听见他匀称的呼噜声。他居然还在沉睡。经过一路的奔波，他一定疲惫至极，估计响雷声都不会让他醒过来，或者，是他的意志力让他自动摒拒了来自外界的一切干扰，他选择了让自己的身体进入休眠。只有休息好了才可以救人救己，才有力气去对抗意外事件。我站在夜风中迟疑了一会儿，还是决定不去叫醒他。

咳嗽声声声不绝，我很容易便找到了那个出产咳嗽与痛苦的洞穴。月光惨白，洞穴内漆黑一团，我没敢进入，却又不忍离开。

我捡了个破碗，借着月光去岩缝里接了半碗水，夜里的水冰冷刺骨，没有器皿可以加温，我胆战心惊地将那半碗冰凉的水，置于他的洞口，轻声说一句："洞口有水。"

放下水，我赶紧退后几步，逃一样地逃走。仿佛洞里关着的不是人，而是一头困兽。恐惧或者警惕，让我不敢过于靠近那个洞穴，也不敢过于接近那个正在经历病痛折磨的可怜的人。

他出来了。月光洒在他身上。他是跪着慢慢爬出来的。脸上戴着模糊不清的面具，骨瘦如柴，身体薄如纸片。看不清他的年龄和身高，曾经的身份和背景更是一无所知。

他并没有对我说感谢。可能他压根就没有看见我。我已躲得很远。我看见他摸到那只破碗。碗里的水在月光下泛着微弱的光亮。他双手捧起来就喝。他把一碗冰冷刺骨的水，全都倒进了他的胃部和肺部。

"咣"一声，那只空碗掉落在地，响起一阵更为猛烈的咳声。他一直保持着双膝下跪的姿势，双手捂住胸口，咳得排山倒海，咳得地动山摇，在一阵痛不欲生的抽搐过后，仿佛一口气没顺过来，突然摔倒在地，再也没有了声音，是没有了任何声音和动静，估计连呼吸都停止了。

我听小米说过，尘肺病患者最后都是跪着死去的。我想他咳得那么厉害，可能也是个尘肺病患者。带病逃到这里，以为这里纯净的空气会清洁他的肺，可是他体内积攒的毒气过于厚重，来不及排完便一命呜呼。而在生命的最后时刻，他也没有享受到丝毫来自人间的温暖。

他死了。

冰冷冷地倒在经幡满地的岩石上。我颤抖着，冷汗淋漓，像个刚刚杀了人的凶手，吓得魂飞魄散，我听见我的尖叫声响彻云霄："死人了！你们快出来帮帮他！"

但，没有人响应我。

我站在夜风中，进退两难，不知所措。

"别喊了，快回去睡吧！"

终于，有个声音传过来，但仍然没见着人影，只闻其声："生命无常，每个人早晚都是要死的。"

我不知道是从哪个洞穴里传出来的声音，说这句话的是个什么样的人？他的声音冷漠、寡淡，毫无温度。反正一切都是无常的，所以就不用去关心身边的人了？这是一群什么样的乌合之众！

18

我快步跑着，经过一个又一个洞穴，希望他们能够出来。然而没有一个人出来。他们的冷静和冷漠令人吃惊和绝望。我感到厌恶，感到他们的脏与低贱。多么可悲的一群人啊，缺乏人性，也从不曾感受到真正的痛苦。他们的生命行走至此，如同漂浮在生命之河的垃圾。他们放弃世界，也放弃自己，成为最无为的一群人，还自以为有多么崇高和清洁。

墨子说：当察乱何自起？起自不相爱。

这群自以为彻底放下和彻底开悟的人，也彻底放下了相爱和相怜。多么可怕！

记得有一个自称"佛系活着"的朋友说过的一句话："一个真正开悟的人的最好状态，就应该像一个植物人那样，把万事万物都置之度外。"

放弃人与人之间的感情，放弃相互依存的关系，放弃所有的社会责任和家庭义务，跑到这个天涯尽头藏躲起来，装聋作哑，并无视他人的疾苦，做一个自我封闭、对一切不闻不问的"活死人"。虽然，他们可以将这种行为美其名曰："不去执着无常的感情，以免自己及他人因为这种执着而生起痛苦心"，甚至冠冕堂皇地宣布，"这是对无常有了深切的认识才具有的大智慧。"

这又是什么大智慧？

——说到底，不过是一种懦弱的逃避和愚痴的幼稚行为。

他们都是可怜之人，以为将自己处于绝对的无为当中，便可拥有一切。无为构成了万物，无为也给予他们一切。想象便是宝座，想象便是一切。只要不朝着有所为的方向想象即可。只有在梦境里、在幻觉中，人才能成为自己之王，成为世界之王。借助于并不存在的阳光，抑或不曾出现的月光，他们原封不动地将想象所得，封存在自己的梦境之中，恒久不变。

他们虽然从人情和法律中逃离出来，事实上却仍然没有获得真正的自由。周围的一切成为他们生活的全部。这个小小的世界，就像巨大的蜘蛛网，一个无形的存在用吐出的黏液把这里的每一个人紧密而细致地捆绑住，然后，把他们紧紧裹在风

逃往经幡

中摇摆的柔韧的蛛丝网里,以便让他们慢慢地死去。

一切就是他们。他们就是一切。经幡飘扬,巨大的星空美得毫无意义。如残缺的象形文字,却无人能读懂和破译。

我像一片随风飘荡失去魂魄的破碎的经幡,飘飘然飘回自己的洞穴。黎明即将到来。我经过无数洞穴,经过无数灵魂,没有人敢站出来承认这些灵魂是从下水道排出的污物。这些人像污秽的魅影。它们是肮脏的泡沫,是被压制成烂泥的垃圾。

这里是"乌托邦",也是"疯人院",是充斥着各种稀奇古怪的事物和思想的灵魂聚集所。在这里,如果一个灵魂能够如实地将自我呈现,如果它的耻辱和羞怯并不比已知和已被冠名的耻辱陷得更深,那么,它将成为一口井,一口凶险难测的深井。井里满是阴郁晦暗的回音,蛰居着怪物、黏滑的非生命体、死气沉沉的蛞蝓和主观武断的秽物。一个个灵魂在此制作出邪魔鬼怪一览表,趁着夜色朦胧,使那些困倦的灵魂拥有支离破碎的古怪的梦境。

黎明不请自来。我依然在失眠。生活就是一场旷日持久的失眠。我们的所思所想,一举一动,都在清醒的错误中发生着。如果我此刻可以沉睡,我会快乐不已。而我透不过气来,我的身体内部明显感到不适,我想呕吐,我的灵魂已开始出现消化不良的症状。

清晨的第一缕曙光照耀着经幡覆盖的山坡。万事万物尽在苏醒,唯有那个深夜里跪着死去的人倒在他的洞穴之外再也不会醒来。没有人顾及他的死亡,也没有人知道他是谁、他为何来到此处。人人都戴着面具。他是谁,你是谁,我又是谁,无人问津。

我仿佛看见那些并不存在的邪魔鬼怪的头颅从中竖立起

来，他们是来自深渊的恶龙，红色的舌头垂在逻辑之外，双目无情地盯着那些毫无生气的生命，对灵魂进行无情扼杀。或许，他们认为自己异常出众，认为这也是一场改革。奴役是生活的唯一法则，芸芸众生，有的人天生为奴，有的人后天为奴；有的人主动为奴，有的人被迫为奴。

就如我和占堆，我们并非主动来此地，欲在此虚度余生，我们不过是两个旅行者，却一不小心投入罗网，被迫为奴。

19

清晨意味着打破，意味着与黑暗告别，意味着又一轮新的开始。那份令我恐惧的不安，在清晨到来之后销声匿迹。

我听见经幡飘动，听见脚步轻轻，听见有人走出洞穴，听见很多人走出洞穴，听见他们在伸懒腰，听见他们呼吸着新鲜空气，嘴里发出含糊不清的古怪声音。

我的眼皮睡着了，可我没有。我的脑袋昏昏沉沉，身体疲惫不堪，但思绪活跃，仿佛被注射了某种兴奋剂。

无论如何，我得赶紧补上一觉，哪怕睡半小时也好。我命令自己睡着，在心里默数小绵羊，希望尽快睡过去。

然而，占堆过来了。他出现在洞穴外面，半个身子探进来："嗨，你醒了吗？可以起来了！"

我半死不活地从睡袋里钻出来，摇晃着走到洞口，本想指着自己的黑眼圈告诉他，我可是一夜未眠。但我赫然看见一只硕大的老鼠面具。我立即噤了声，又不禁失笑。他倒是守规矩，睡了一夜醒过来，还没忘记这里的规矩。

占堆指了指自己的面具，示意我也戴上。

老部也过来了。我听见他和占堆在外面打招呼的声音。然后，他俩弓着腰闪进我的洞穴。老部变戏法似的，给了我和占堆一人一根牛肉干。

这根风干了的牛肉干，我握在手里，掂了掂它的分量。它比我的手掌稍长一点，约二指宽，这就是我们一天的口粮。

老部手里也捏着一根，横在嘴里啃一口，然后，用那根啃过一口的牛肉干指了指我说："你也啃几口，要慢慢嚼，不然会消化不好。渴了自己就去找些水来喝，这里的水矿物质含量高，绝对干净。"

想起凌晨的那碗水，那个咳嗽着死去的人……我想把这个死于凌晨的人讲给占堆和老部听。我没有心思啃牛肉干。

"我带你们去看一个人，他刚死于凌晨。"

占堆说："他是谁？"

我说："我也不知道他是谁。"

老部说："这里都这样，谁都不知道谁。"

占堆说："你怎么知道他死了？"

我说："是他的咳嗽声把我引了过去……他说他要水，我就去弄了点水给他……你真是睡得沉，这么重的咳嗽声都没有听见？"

占堆说："我什么都没听见。"

我说："真是羡慕你，无论置身何时何地，只要困了，想睡上一觉就能迅速睡着。"

"我也不行。我靠这个。"老部从裤兜里摸出一对耳塞，"今天晚上你要是再失眠，需要它们的话就送给你，你塞上它们就不会再听到乱七八糟的声音了。"

我说："还是你自己留着吧。"

岩石上有个人影忽闪而过。他戴着灰色面具，身着灰色衣袍，仿佛就是从我们眼前飘过的一团灰影。明明知道飘过去的是个人，但这么快速地飘过去，还是有点恐怖，就像大白天遇见鬼。也不知道他看没看见我们。估计看见了也权当没看见。

20

我带着占堆和老部找过去。

明明就是这里，我确定就在这里，在这个洞口外面，应该有个人倒在地上，他刚刚在这个凌晨死去。

——可是，那个刚刚死去的人呢？难道他复活了，还是被人快速清理了？此刻眼前空无一人，也空无一物，就连同那只破碗，也一并不见了踪影。

占堆问我："你有过梦游的经历吗？或者，你是否出现了幻觉？"

我说："这绝不可能！我敢对天发誓，我一直都是清醒着的，我整晚都没有入睡。"

"那你赶紧去睡！"占堆看了看四周，把声音压得更低，"你也别太焦虑，我和老部总会想到办法的。但目前我们都得保持体力，要随机应变，不然，还真有可能回不去。"

"还会有什么办法呢？"一想到我们有可能回不去，我便忧心忡忡。这里毕竟不是旅行的目的地，行程结束便可自行回家。感觉自己正置身于一座古怪的"监狱"，里面住着一群不可理喻的精神病人。

老部和占堆说是去办事，让我先回洞穴睡觉。也不知他们去办什么事儿。可是我已管不了那么多。眼皮耷拉下来，只想倒头睡去。

不知道睡了多久。等我醒来的时候，太阳光强烈地刺向我，令我目眩神迷。迷糊间，不知身在何处，亦不知今夕何夕，感觉自己像个被困住的动物。

我钻出睡袋，想洗把脸，冲个热水澡，想吃点新鲜的水果，还想喝口热开水，要是再来点茶和茶点，我会感激涕零……可是，这里什么都没有。

我走出洞穴，猛烈的风迎面而来。我裹紧我的羽绒服。耀眼的经幡在烈日下随风舞动，诡异而无常。我走到溪水边，以最原始的办法去取水喝。

奇怪的是，一路上没有碰到一个人影。仿佛这里根本就没有人。但又感觉在每一片经幡后面都藏匿着无数双眼睛，它们如同暗地灵魂，时时刻刻窥视着你，盯在你的身后，只要你跨过那座桥去，便会有人鬼影般闪现，将你拦截。

我蹲下身，洗了洗双手，然后捧起一捧水喝进嘴里。一股凉气直渗进肺腑，不由得打了个哆嗦，感到后背也一阵拔凉。我猛然回头望，除了无穷无尽的经幡和蛮荒中的千年遗址，什么都没有。

不知道这些人都藏匿在了哪儿？

在凌晨明明听见有人在走动，还听见有人在说话……声音呢？他们人呢？分明是在大白天，他们就居住在这儿，为何此时此刻全都消失不见了？难道这个时刻所有人都还藏匿于洞穴中？

占堆和老部呢，他们又去了哪儿？也不知道现在什么时间，没有手机，也没有手表，我被时间遗忘了。高原的紫外线强烈地炙烤着我脸上的肌肤，嘴唇干裂、剥皮，被水湿润之后，有微微的灼痛感。我咬了咬下唇，眯起眼睛，抬头望太阳，估摸着应该是下午三四点的样子。我感觉到饥饿，从口袋里摸出那根被我啃过几口的牛肉干，实在太硬，嚼也嚼不动，直嚼到牙床发酸，也还是觉得吞咽困难。有一种想哭的感觉，又有一种无可名状的恐怖。仿佛我正两手空空，独自一人走在世界尽头，走在时间深处，走在天地洪荒之际……我看见漫天遍野的孤单、恐惧和不知所措。

我又蹲下身去，捧起水喝了几口，顺便润一润我的双唇。我得回去找到占堆和老部。幸好还有占堆和老部。在这个荒谬的世界里，他们是我可以亲近的人，也是我最后的出路和仅剩的光亮。

我一路啃着牛肉干，被风吹起的经幡不时拂过我的脸庞，偶尔也缠住我的双腿，挡住我的去路，我时不时侧身而过，或者用双手去拨开随风飘扬的经幡，仿佛在用力推开拥挤的人群。

占堆的洞穴里空空如也。他和老部都还没有回来，也不知道他们在哪儿，在干些什么。

我继续往前走，经过的洞穴被密集的经幡挡住，看不见洞里的空间，不知道里面是否有人。不敢擅自闯入，怕一不小心就触犯了他们的哪条"清规戒律"。也有的洞穴直接敞亮着，没有丝毫阻挡，不用往里走，也知道这是个没人居住的洞穴。

21

为了能够看得更远，能够看清更多事物，我一直往山顶走。

越往上，经幡就越密集。风也越来越大，在我耳边咆哮、旋转、凶猛地推搡着我，它们没有固定的方向，也没有固定的形状，有点像任性暴戾的龙卷风。幸好到处都有经幡缠绕。每当我的身体被风吹得摇晃不定、快要站不住脚的时候，我还可以拽住经幡，让自己不被风吹走。

逃往经幡

终于爬到山顶。深呼吸，极目远眺。天气很好。这里的高原几乎不下雨。太阳统治了所有的白天，而夜晚则交给星星与月亮，交给一些暧昧不清、不明真相的事物。

天空湛蓝，将近傍晚的阳光在我眼前摇摇晃晃，对天空和大地的主宰威力无边，有一种无须过问的自信。

我猛然看见后山腰上人头耸动，吓得我……！

在这片蛮荒之地，四顾无人的时候你会心生恐惧，突然看见有人，尤其是出现一大群人的时候，又是另外一种恐惧。你不知道他们从何而来，也不知道他们聚集在此，到底在干些什么？

我把自己隐藏在经幡里，远远地看着他们。我看见了他们。不，我根本看不见他们。他们的脸上一律戴着面具，面向西方，席地而坐，有百十来个人。而面对着他们的是另外两个人，一个站着，一个直挺挺地躺着。

站着的那个人戴着金色面具，应该就是老部所说的那个"宗师"。他正站在那儿手舞足蹈地说着话，但我听不清他在说什么，只听见"嗡嗡嗡"的发声，远远听起来，有点像诅咒，又像是在诵经。透过太阳光我眯起眼睛仔细看，直挺挺躺在地上的那个人，居然什么也没穿，就这么赤裸裸地、仰面朝天地躺着，唯独脸部被一张灰色面具罩着。

金色面具的双手一会儿朝着那个人的身体指指点点，一会儿又朝向天空，双手举过头顶……他说得挺起劲，可以想象面具后面的他，一定是眉飞色舞又志得意满。毕竟，他是这个小世界的主宰者。

像在荒野上主持一场魔幻却隆重的会议。他到底在跟那些人谈论些什么呢？他们那么无动于衷地坐着，麻木不仁地坐着……也许，他们并非无动于衷，也非麻木不仁，他们的所有表情都藏匿于面具之后，你根本无从知道他们到底在想些什么。

也许我早应该想到的，那个躺在地上的人，并不是一个活着的人，而是一具尸体。不然他又怎么会赤身裸体、一动一动地躺在光天化日之下，又在众目睽睽之下毫无羞耻之心，虽然他戴着面具。

他一定就是那个咳嗽着死去的人。在深紫色的凌晨，我还给他递过一碗水。天亮时分我带着占堆和老部去找他的时候，他尸骨未寒却已不翼而飞，原来被搬来此处剥光所有衣服示众。

随着一声模糊的吆喝，"宗师"的手里变魔术般多出来一把匕首。他把匕首举过头顶向着虚空上下左右挥舞，口中念念有词，念过一阵，突然便蹲下身去，在那尸体上重重划过一刀，又划过一刀，尸体的前胸上立即皮肉绽开，却没有血溅出来。

那些席地而坐的面具们，躁动着踊跃起来，大地上响起一片模糊的低吼声，仿佛囚禁于牢笼的饿极了的困兽，突然被放出来。他们纷纷从地上站立起来，手持匕首冲上去，每个人都在尸体身上任意划拉、刺入、切割，宰断手指或脚趾……

我被这一幕惊呆了！

这群人，不，此刻的他们，是一群孤魂野鬼，被恶魔缠身，或者，魂不附体，他们挥舞双臂，扭动肢体，双腿在尸体上不断跳跃，跨过来又跳过去，但他们唯独不碰面具。尸体很快被肢解。

那个人活着的时候，又怎会知道自己死后会遭受千刀万剐、会被碎尸万段……这些鬼魂般的人，仍然低吼着，仿佛是在庆祝重生，又像是在进行一场丧心病狂的恶意报复和变态的

逃往经幡

不择手段的宣泄……漫天的秃鹫嗅到尸血的腥味,乌压压盘旋而来。

但,这不是天葬。

这里没有喇嘛,也没有葬礼应有的仪式。

22

有两个人没有凑上去,而是趁着混乱之际脱身了,他们朝着我的方向快速跑过来。我看见其中一个戴着老鼠面具,我的心瞬间踏实下来。他们是占堆和老部。

我的胃里一直都在翻江倒海,终于一股气冒着泡喷上来,我抱着一块大石头呕吐,不停呕吐,直吐到眼冒金星。

可能是我的呕吐声过于响亮,占堆很快冲向我,拉起我就跑。老部跑在我们身后。

胃依然在翻腾,但已没有任何东西可以吐,我一路吐着口水,并用衣袖擦嘴。在这个没有纸巾、没有手帕的地方,你的行为举止是无法做到优雅得体的,你只能还原到一个粗野的原始人的状态,甚至连尴尬的时间和心力都没有。一切粗陋的行为都是可以被理解和接纳的。我的生活情态和生活习惯在这里出现断裂,我在裂缝中看见人类的獠牙正在对着我进行无情的咆哮,并发出"嘶嘶嘶"的声响。

此刻我想起一首诗,叫《陷阱》:

总是这样,留不住也打不开
生活被绝望的细节迸裂
此刻外面就有人死于祖国
他的尸骨横陈如山峦

终于被某种事物照亮

而活着的人还在阴暗中

永久沉默地窥视……

23

挨过一天又一天。

一天一根牛肉干。

每个人都在自己的洞穴里。仿佛笼中之鸟，仿佛一条又一条虫子，蠕动的范围异常窄小。我们不能去山的那边，也不能跨过溪水去对岸。

对岸的那条路上，停着我们的车子。但，纵然我们上了车，也不能绝尘而去。路上到处都是尖锐的石头和障碍物，轮胎随时会被扎爆。此刻才明白过来，原来这些让我们困惑不解的障碍物是这些"隐世者"有意设置的。

想开车逃走几乎是不可能的。只要车子一发动，他们就会追杀上来，将我们捉回去。在这山高皇帝远的地方，没有法律，也没有政府，更没有人权可以讲。他们就是法律，就是政府，就是一切的主宰。

那些日子，身边所有的事物，都以极其单调和沉闷的形式压抑着我。我想象的狱中生活，亦无非如此。我们都被迫成了一个"弱视者"。看不见明天，也看不见远方。我们看到的，不过是连绵不绝的经幡和经幡下鬼影般生活着的一群没脸、没表情的人。他们是一只又一只无法言述的鬼魂，是一团又一团模糊不清的迷雾。他们所制造出的空气微粒比城里的雾霾恐怖千万倍。

雾霾还可以治理，而人心不能。

　　单调、乏味又恐怖的日子，让我的意志力逐渐走向崩塌。无声的焦虑，更能够摧残人的意志。每天每天生不如死。无以对抗的状态让我几近疯狂。

　　占堆几次鼓励我，让我千万稳住。让我相信他，他一定能够想到逃出去的办法。他总是给我力量。

　　大多数人是因为看见而相信，只有少数人是因为相信而看见。耳听为虚，眼见为实。但，在很多时候，除了需要看见，还需要相信，这是信念。占堆的自信和坚持，让我相信我们还有明天，还有未来。虽然我并不知道，占堆的信念来自哪里，他的安全感又来自哪里。

　　"我们还能逃走吗？"我不止一次地问占堆。

　　"没有问题。"占堆总是这么说。

　　很多时候，没有问题往往就是最大的问题。我们逃不出去的。我沮丧到就要哭出来。好在面具罩着我的脸，哪怕泪流满面，也没有人能看得见。

　　所有的人都在无所事事地活着，他们之间很少交谈。彼此之间仿佛都隔着一道厚实的墙。只要我们不逃走，就没有人出来干涉我们。只要我们一有风吹草动，便呼啦一下围上来好多人，也不知从哪涌出来的。穴居在此的这群人，从表面上看，貌似松散无序，毫无组织，也没有纪律，但暗地里却布局森严，并随时随地严阵以待，以防外患。

24

　　一个午后，下了一场大雪，我和占堆满腹心事又若无其事地在山腰处堆了个巨大的雪人。没有一个人出来走动。所有人都被这场风雪关在了洞穴里。

我和占堆几乎同时起了心，尝试着偷偷逃下山去。可是，还没走到山脚，便杀出来十几个人将我们包围。他们的衣服和面具上沾满雪花，也不知道是从哪片经幡里钻出来的。

　　我想这下完了。但我忍住不出声。听见占堆在镇定地对他们说："我们只是在这里看看雪，散会儿步就回。"说着便往回走。

　　他们没有将我们杀死，是因为，他们相信了我们真的只是在散步和看雪。想起老部说的那两个试图逃走又被抓回去用短刀割破喉咙的冒险家，我吓出一身汗。

　　我们默然地回到洞穴里。我缩在宽大的羽绒服里想起北岛的一首诗：《生活》。内容只有一个字："网"。这肯定是世界上最短的一首诗。

　　北岛写这首诗，是在二十世纪七十年代。那个时候的中国，还比较封闭，随时随地都会碰到不可越过的界限，那种生活状态，用裹在一张网里来形容再恰当不过。之后的二三十年，互联网诞生。尽管日常生活还是难免拘囿，但通过网络，我们几乎可以到达任何一个地方，可以和世界上任何角落里的人彼此联通，不用费任何力气便可获知千万里之外的消息。我们忍不住赞叹："这可是上帝送给我们的最好礼物。"

　　可是，那个年代的人们并没有想到，网络带给我们便捷的同时，也带给了我们最坏的东西。人们渐渐失去自由和隐私。我们并不知道，这场文明和野蛮的较量，终局不可预测。有可能鱼死网破，也有可能所有生物都会习惯，甚至满足于生活在巨大的网里面。当然，最后的最后，一定也是空无，什么也没了，没有网，也没有网里网外的一切。就连我们身处其间的宇宙，也将归于寂灭。

　　穴居在穹隆银城乌托邦的这群人，他们终于逃脱那张网，一转身，却又投入另一张网中。他们这是自投罗网。世界是一张网，社会是一张网，人心也是一张网……网无处不在，逃无可逃。

雪下着，日子闪亮又宁静，光完美地照耀在经幡上，照耀在传说中的穹隆银城上，为万物镀上悲哀的微笑。世上所有的玄秘，都已尘埃落定。我看见了它们。所有的玄秘，都在被平凡又普通的事物打磨。生活中的一切使我们显得荒唐、粗野、不幸和悲戚，过后都会被内心渐渐平静下来的我们，看作是在旅途中必须要经历的悲欢离合。我们不过是这个世界的匆匆过客，愿意或者不愿意，我们都在虚无和虚无、一切和一切之间旅行。那么，我们也不必过于担忧来自路途的颠簸和在旅程中所遭遇的灾祸。

这个想法忽然令我欣慰，仿佛获得一种另类的自慰。

25

我已久未动笔。本来想着顶多一两天便可回去，哪承想我们居然在这里度过了整整七天，就像经历了好几个世纪。我像一潭荒芜的池水，在并不存在的风景里淤滞。我熬过了生活中充满各种单调和恐惧的每一天，度过了由一连串变化构成的一成不变的时光。生活看上去一切正常。

如果我已入睡，一切并无什么不同。

我常常不能了解自己，无论一切怎样变化，对我来说，都将归于虚无。

我只是个旅行者，偶尔写下几部虚构的小说。而这一趟阴差阳错的旅程，我却完全成了我自己的虚构。

回忆变成梦，梦变成梦里的遗忘，自我认识变成一种自我思考的缺失。

每天早晨，我都得戴上面具，遮盖住呈现于脸部表面的所有的喜怒哀乐，方可走出我蛰居的洞穴，我已彻底披上这件属于自己的、存在的外衣。我已成为另外的一个奇异的自己。周围的一切正在渐渐消失，未知的落日为从未见过的风景镀上一层凉薄的金色。

上帝在何处？即使上帝从未存在，我也想要祈祷，想要哭泣，想要为自己没有犯下的罪行而后悔，想要享受被宽恕的感觉。我忍受严寒蜷缩过的洞穴，夜晚用它的手掌抚过我的破衣烂衫。我成了上帝门前的一个乞丐。我已七天没有洗澡了。也没有梳子可以梳头，代替梳子的是我的十根手指。没有任何化妆工具和润肤品，我的双手和脸上的肌肤在一天天地干燥、爆裂。

每一个夜晚，一抬眼便可看见星辰，而满天繁星对我已毫无意义可言。即使在皓月高悬的宁静的夜色里，也流淌着苦闷和不安。传说中的穹隆银城，我想象中的象雄王国和盛世繁华，美好天堂里的险恶平静，被月光和若隐若现的星辰笼罩着，仿佛蓝色阴郁。

我仿佛变成了某个人曾经讲述过的故事的开头："某年某月的某一天，一个来自江南的女子，她阴差阳错地走进阿里，走进了传说中的穹隆银城……"

然后，故事开始了。

仿佛经历一场穿越，像风走了八千里，不问归期。

奇迹或障碍，一切或虚无，途径或问题，任何经历与事物，或许都取决于一个人对它的看法。苦行至此，我还能对自己和我所遭遇的生活干些什么呢？我已然明白，置身此时此境，努力不会将我带往何处。

逃往经幡

唯有等待，或者，放弃。

日复一日的乏味和单调以及时时刻刻都存在的高度警惕，让我呈现出一种惊骇的模样。我积累多日的厌烦，变成一种恐惧。

我没有生病。但，强烈的焦虑渗进毛孔，它们常常使我害怕。存在的恐惧多么至高无上，我想不出还有什么办法可以去缓和它、去化解它。和存在于这里的所有事物一样，连睡眠也使我害怕，垂死的感觉令我恐惧，未来冰冷而灰暗。我看见自己，渐渐变成空、变成无、变成空无本身……

26

整整七天，我和穴居穹隆银城的那些人很少见面，他们总是神龙见首不见尾，尤其是"宗师"。

有时候，我特别想碰到他；有时候，我又特别怕碰到他。我觉得这个人神出鬼没、深不可测，心里揣着无数不可告人的奇异的秘密。然而，他一直没再露面。

开始那几天，心里毕竟有好奇，我还想着和他们聊聊天，聊聊前世、今生和未来，但是，渐渐地也便失去了这份好奇心。我终日烦躁不安。被困于洞穴的焦虑深深折磨着我，我哪还有心思去探知别人的故事。

我得承认，在这七天里，每一个日子都被我过得忧心忡忡、焦虑不安。然后，一事无成。

而占堆和老部却一直在秘密行动。

某个傍晚，占堆偷偷给我看一样神秘的器物，用金色哈达包裹着，一层一层打开，竟是一只玉玺。

占堆说，这是末代象雄王的玉玺，上面刻着古老的象雄文："宇宙之王"。

他和老部趁着"宗师"出洞之时，居然偷偷搜出这个玉玺。占堆让我别再多问，也别多想，只要等着他和老部的好消息就行。

果然，就在第七天，占堆和老部意外地获得了一份外出采购的"手谕"，即出入穹隆银城的通行证。有了这份通行证，就没人可以拦截我们，我们就可以安全离开这里。

我并不知道，占堆和老部是如何取得"宗师"的信任，或者，那道手谕并非出自"宗师"之手，而是他们巧妙地通过其他途径所得。总之，这是不可泄露的机密。占堆不想跟我做任何解释，也没时间去解释。

这是男人和女人的不同，一个警察和一个小说家的不同。身为警察的男人是理性的，他们都是实干家；而身为小说家的女人，总是被情绪牵着走，面对困境只会充满各种幻想和空想，干不成一件实际有效的事情。

就这样，我和占堆开着车离开了穹隆银城，说是受"宗师"之命去县城采购食物。而老部却留了下来。老部必须留下来，从某种意义上，老部即是人质。

27

离开那段多灾多难的怪路之后，我们如释重负。天空湛蓝，白云在眼前飘荡，两旁的枯草地上又见藏羚羊和野驴在觅食，远处的雪山在大太阳底下泛着凛冽的光芒。我照见反光镜中的自己：蓬头逅面、眼眶深陷、严重缺水的肌肤干燥开裂，双手也变得肮脏粗糙，像是一双多年劳作的农妇的手。

占堆也是蓬头逅面、胡子拉碴的，双手和衣服沾满灰尘。

我看看自己又看了看占堆，想起这七天来的经历，忍不住哭了起来。占堆没有劝我，只是默默地握着方向盘小心开车。

渐渐地，我感觉到自己的轻盈放松，身体内部有一种被掏空了的感觉。我已经意识到飓风般的恐惧正在离我们而去。但只要一回想起身陷魔窟、荒诞离奇的那七天，我还是会浑身打战。

为什么，恰好是七天？

七，在佛教上代表轮回、圆满之意。想起来了，七，也是我的幸运数字。很多年前，有位迷恋命相学的朋友问去我的生辰八字，说我在这一生中，应该还会碰到一个同样以七为幸运数字的男人，而且两个人之间会有大事儿发生。到底会是什么大事儿，那位朋友没说，天机不可泄露。

我的记忆出现了微妙的裂缝。脑海里似乎出现一些不明飞行物，一只鹰，或者几片羽毛，它们在时间深处飞翔。我在想那个男人，和我一样喜欢七的男人，他到底在哪里，他会在我的生命中出现吗？如果出现，他又会在什么时间、什么场景、以什么样的方式出现？

我忽然问占堆："你的幸运数字是七吗？"

"不知道。"

"那你最喜欢哪个数字？"

"没有什么喜欢不喜欢的，数字嘛，都一样的。"

"好吧。"我有点无聊。

我想我已没有必要继续追问下去。我看了一眼占堆，感觉他的幸运数应该不会是七。他也永远不会成为符合幸运数字是七的那个男人。那个幸运数字是七的神秘男人，他只活在我虚幻的梦里。

幸好，车里备有车充。占堆的手机充上了电，给他母亲打去电话。而我，开始上网搜索机票。此时此刻的我，只想以飞的速度逃离此地。一分钟也待不下去了。我只想回家，回到城里去，回到正常人过的日子里去。

没有从阿里直飞的机票，得从拉萨转机。正好下午还有航班飞拉萨。从阿里飞拉萨，只要一个小时左右，票价却要一万多，这应该是我坐过的飞得最高也最为昂贵的飞机。

等占堆挂掉电话，我的机票也已经订好了。出票信息很快发到我手机上。占堆诧异于我在去留之间的选择如此快速又果断。

他稍稍有点失望，说："你就这样走了吗？我阿妈还在等着我们回去呢，她说晚上给我们准备了更好吃的藏面。"

我们？——我忽然有点伤感。

占堆母亲在这七天，一定受尽煎熬、恐惧和担忧，而这一切皆源于我的这场旅行，是我把占堆从她身边带走，整整七天毫无音讯，所有母亲都会望眼欲穿、为之疯狂崩溃。而我，就这么一走了之，一个道歉都没有，是否过于绝情绝义？

瞬间我有想退票的冲动，心里酸酸的。但又想，如果我跟着占堆再次回去，只会为他们增添更多麻烦。也罢，不如归去。

我还想起那只流浪狗，我本应再去看它一眼，给它带点吃的去。我不知道这七天，鲁康噶那山顶是否仍在下雪，它是否还活着。要是大雪封山，它纵然活着，也下不了山，没有人会给它送吃的，估计也是苟延残喘……我的心沉重如铅，像个罪孽深重的人，虽然我并没有犯下什么罪行，但我的内心充满各种自责和无可奈何。我拯救不了那只流浪狗，也帮不了任何人去解决生活问题，引领他们脱离苦海。我们都是可怜的人，一个个苟延残喘又小心翼翼地活在这个世界上。数不清的悲伤和浩渺的悲悯涌上来，在我心底翻腾、跃动、纷乱如麻。

我没有再开口说一句话。仿佛此时说话就是一种泄密，会动摇我离开的决心，会破坏我和占堆在七天时间里建立起来的这份特殊的情谊和信任。

占堆直接把我送到机场。从机场开车回札达，还需要三个多小时。想起这三个多小时他得一个人孤独地开回去，回到望眼欲穿、心惊胆战的母亲身边……我便无地自容，在心里一遍遍地自我检讨，一遍遍地抱歉，我把占堆害惨了！

我们在机场门口告别。没有拥抱，没有眼泪，似乎也没有什么不舍。他把我的行李从车上提下来，我竟然还对他说了句"谢谢"。想起这一路走来，"谢谢"二字，实在过于轻薄，话一出口，便觉将两人隔开十万八千里。

他笑了笑，说："有时间再过来玩。"

我"嗯"了一声。临别之际，总得说句什么吧，于是，我说："我一定还会再来，来看望你们，再吃一碗你阿妈做的藏面。请你转告她，我会想念她。"

占堆笑了笑。我竟然感觉到他的笑里有一份凄凉的意味，他说："我们这儿有一句谚语：这里的土地如此荒芜，通往它的门径如此之高，只有最亲密的朋友和最深刻的敌人，才会前来探望我们。"

"我们是患难与共的好朋友。"我说。

"一路顺风。"

我拖着行李走进机场。没敢回头。一转身，禁不住泪流满面。

我不知道我哭什么。

但我就是没办法停止哭泣。

第四章：归去来兮

1

飞机在贡嘎机场落地，已没有当天飞回杭州的机票，只得先在拉萨住下。

住进拉萨饭店，屋里有暖气。我扔下行李，冲进浴室洗了个热水澡，才感觉自己从野蛮人慢慢变回了现代人。

站在镜子前，我有点不太认识自己。不是晒黑了，也不是变胖变瘦了，而是，镜子里的那个人，精神面貌和气质都变了。我静静地看着镜中的自己，有着大梦初醒的眼神，清晰又模糊。沐浴后的我看起来清醒无比，却又感觉自己从未醒来过。我甚至记不起来自己在生活中有没有做过梦，在梦里有没有去真正地理解过什么叫生活，或者说，我从来都不曾想过梦与生活彼此交替、交织成某种东西，从而组成我的自我意识。我感觉我的生活紊乱不堪。我有点分辨不清楚，哪部分是我所经历的生活，哪部分又是我的梦中幻觉。

镜中的我和镜子外面的我，我不知道哪一个才是真实可信的，我也不知道我该去相信哪个自己？就像不知道该如何去相信人类。可是我知道，完全相信人类是一件多么可悲的事情；而完全不相信人类，也同样可悲。

夜晚的大昭寺广场，仍然有无数的圣徒在磕长头。我绕过大昭寺，沿着八廓街顺时针方向转悠。我不是一个被信仰充实的圣徒，我的内心空空荡荡，又仿佛装满太多事物，我需要被清空，被引领，被召唤……行至一半，忽然心念一动，或许，只是一种本能的驱使，我也加入那些磕长头的圣徒们的队伍，五体投地，让自己成为一个朝圣者，成为黑夜、月色和八廓街上的一部分。我聆听着自己的身体与大地摩擦、起伏的声音；我听见我和另一个自己在冷硬的月光下窃窃私语，谈论着并不存在的事物。事实上，我并不了解自己。就像我从来都知道，我不可能真正去完全理解另一个人。在生命海洋的岛屿上，人与人之间的灵魂，始终隔着汪洋大海。

一圈长头磕下来，全身肌肉都开始酸痛，而内心却澄明清澈，仿佛受了洗礼。我盘腿坐在大昭寺广场前，给占堆打去电话。

转身即天涯。

我们仅仅分开半天，却感觉已离开好远、好久。闭上眼睛，我甚至已不能清晰地记起占堆的脸，浮现在我脑海里的面容是模糊的。他仿佛成了一个我所熟悉的陌生人。

2

灯光下，有个熟悉的身影朝我走来。

是唐古拉。

"你怎么会在这儿？"我们同时问对方。

"我刚从阿里回来。"我说。

"我刚从锦城飞回。"唐古拉一屁股坐在我身边，前后左右张望了一下，故作惊讶地问我："你一个人？"

"明知故问。"我说，"小米呢？你们不是去新疆了吗，怎么又跑到锦城去了？"

"在新疆待了几天，我就把她送回锦城了。"

"小米不是说要逃离锦城，怎么就又回去了呢？"

逃往经幡

"女人善变，我也不知道她是怎么想的，突然顿悟了似的，坚决要回去。"

"回去工作?"

"说是要去帮助那些尘肺病患者。"唐古拉的右嘴角往上扬了扬，脸上充满嘲讽的意味，"你们女人好像都以为自己是圣母，都拥有一颗能够拯救全人类的心，对吧?"

"人有善心不好吗?"

"她这是有病!"

"你们吵架了?"

"我们分手了。"唐古拉叹息一声，神情黯淡。

"客栈生意还好吗?"我换了个话题。

"马马虎虎，冬天来拉萨的人不多。"

"过年回老家吗?"

"回老家? 回老家干吗? 那是个最让我烦心的愚昧的地方，我可不想回去。"

"不是还有你父母在吗?"

"我妈还在，我爸，他早离开了。"

"对不起。"我赶紧闭嘴，后悔触到他的痛处。

"没什么，我不是说他离开这个人世，他只是离开了我妈和我。他喜欢冒险，不喜欢被别人管制，在我六岁的时候，他就抛弃了我们，离家出走了。"

"那你更应该回去多陪陪你母亲，她一个人把你拉扯大太不容易。"

"我妈性格孤僻，不喜欢多说话，对我的管教严厉又残酷。从小到大，我不知道吃了她多少棍棒。她把一生的积怨和愤恨全泄放在我身上。我只是她的出气筒。实在受不了家庭阴郁紧张的氛围，十七岁那年，我也离家出走了，一个人到处流浪。

痛苦和孤独把我逼成了一个诗人。不怕你见笑，当时我写了很多首诗，也在一些刊物上发表，参加过几次诗会。我遇见一位女诗人，对她一见钟情。她那时刚刚结婚，比我大八岁。爱情来势汹涌、轰轰烈烈，我们为对方写诗、读诗，在一起纵情、纵酒，一起哭、一起笑……有一天，她突然消失，从此再也没有她的消息……"

"消失了，她到底去哪儿了？"

"不知道。"

"那你现在还写诗吗？"

"早不写了。在我的生活里早已没有诗，只有无尽的流浪和无意义。"

"你的经历让我想起兰波，你们之间有很多相似之处。"

"你也喜欢兰波？"唐古拉的眼里射出一束小小的光芒，充满喜悦和惊奇，仿佛遇到了知音。

"我读过他的诗，一个放荡不羁又充满矛盾和叛逆的天才诗人。"我说。

我没有直接说我喜欢兰波，也没有说我不喜欢。很多时候，诗和诗人是可以分开阅读的。

唐古拉兴奋起来，他说要立即为我朗诵一首兰波的诗。

我赶紧阻止，在这种场合未免有些不合时宜。我有点懊悔扯出兰波，怎么可以拿唐古拉跟兰波去比？

我和唐古拉在大昭寺广场告别。我没让他送我，坚持一个人回宾馆。他有点失望，问我是否还在生他的气。

他追着我解释，说那天如果不是因为小米，他绝不会把我一个人扔在阿里不管……

我忽然索然无味，觉得唐古拉真是一个无聊又无趣的人。

我绾起被风吹乱的头发，快步离开。

3

飞机又晚点了。我在机场默默等了三个多小时才开始检票。在这三个多小时的等待中，我不断回想在阿里的经历，仿佛电影，一遍遍地回放，紧张又刺激，真的难以相信自己刚刚经历了这么多，最后竟然死里逃生平安归去。

回到家，我把自己关进书房。与外面的世界隔绝，与重重的雾霾和喧嚣声隔绝。我要摒弃所有杂念，将自己的注意力从现实生活中抽离而出。

当我可以安静地独处于自己的房间时，我的双眼正被世间的某些景象灼伤，不安和焦虑、惊恐和凄惶，仍如影随形，摆脱不掉。

我的脖子上挂着一块红纹石，十年如一日，从未取下来过。它是阿根廷的石头，阿根廷有个博尔赫斯。我从不认为自己有多迷恋文学，但我迷恋这个老头的智慧和他深不可测的思想。他是一个傲视政治、历史和现实的伟大的作家，他甚至公开怀疑现实，嘲笑一切非文学的事物。他不仅讽刺左派的教条和乌托邦思想，也嘲弄传统观念。毫无疑问，他是个极端分子，却有一天加入了保守党，加入的理由也充满嘲弄性。"绅士们特别愿意投入到失败的事业中去。""想要成为真正的艺术家，就要像任何别人都不敢失败那般地去失败。"这两句话，让我感到悲壮。我想尝试着像博尔赫斯那样，躲进书本和幻想的文字海洋里，以此来逃避这个现实世界。

我从不尝试去编织我的梦想，我只是想消化我的梦，埋头写下我的经历，就像谱写颂词那样。我所参与的生活充满悖论，如同玫瑰长满刺头。词语里充满酒精的味道，潮水般涌现而出。句子与句子，和着音韵节律撞击在一起，如舞动的蛇芯子，嘲讽地吐着泡沫。若隐若现的影子，呈现一种忧伤的壮丽和虚无的悲悯。

一切都在发生着。一切都在毁灭着。我明明坐在我的书房，四面墙上和桌上都是书。眼前却浮现出一大片经幡，无边无际的经幡如汪洋大海般把我淹没，让我浮想联翩。

仿佛接到神的旨意，我在电脑上敲下"逃往经幡"四个字，我得把我的旅途经历写下来。

4

每天每天，我从早晨开始正襟危坐，直至夜晚降临，我在自我构建的小说世界里浮沉翱翔，我敲击着我的汉语文字，犹如率领着我的千军万马，不断制造出冲突和矛盾和种种可能性。

在某一个夜晚，我的手机铃声忽然响了起来，将我一把拽回现实。这些天我的手机一直处于关闭状态，刚一打开，就有人来电。

是冯小青的电话。

"谢天谢地，终于打通你的电话了！你是出什么事儿了吗，怎么一直就联系不上你？我还以为你是被绑架了或者被人奸杀了呢，吓得我差点儿就要报案了！"

冯小青在电话里大惊小怪、大呼小叫的。她一定不会知道我是真的出了事儿。但我不想多说。说了她也不会相信。生活中的有些经历，远比小说要更离奇，也更荒诞。

"没事，我挺好的。"我说。

"亲爱的，那个藏族小伙子还跟你在一起吗？我想马上订张机票，明天就飞过去找你们，好不好？"冯小青见我半晌没反应，又补了一句，"好不好嘛，亲爱的？"完全是撒娇的、充满请求的。好像她说话的对象不是我，而是她想象中的藏族小伙儿。

"我已经飞回来了。"我听见自己的声音冷漠而疲惫，忽然有些对不起热情澎湃的冯小青。我清了清嗓门，让声音尽量变得柔和一些："亲爱的小青，我劝你还是放弃这个念想吧，阿里的天空虽然湛蓝纯净，但是真要去那边生活，还真不是件好玩的事儿。要知道有人的地方就有江湖，有人的地方也都存在着善与恶。总之，在哪儿生活都是生活。你还是别折腾了，带着孩子好好过日子吧。"

"那么你呢，你为什么要跑过去折腾？"

我被问住，不知如何作答。

"关机那么多天，是跟那藏族小伙子私奔了？折腾够了又回来了？现在后悔把他介绍给我了，对吧？我猜得没错吧？"

话里满是尖刻和神经质，这哪像我的闺蜜？

一定是纷乱如麻的生活把她变得面目全非、支离破碎。她这段日子一定是快要崩溃了，疯了一样只想逃走，又被想象中的新生活搅昏了头脑。既然她那么爱折腾，那就让她去折腾吧。

我一昏头，立即把占堆的电话和地址全都发给她，并告诉她："我和占堆的关系一清二白，你若真想飞过去找他，请便。"

一股怪味弥漫整个书房，说不清楚为什么，心里酸酸的，只想哭一哭，却欲哭无泪，竟然找不到哭的理由。

5

扔掉手机，电脑屏幕上是我敲打下的一堆无用的文字，它们在我眼前闪烁不停，我却一个字也看不进去。心中空无一物，悲伤和悲悯浩浩荡荡、四处飞溅。我不知道这个世界到底是被谁给弄坏了，是谁把我们的生活弄得一片狼藉、苦不堪言？

记得加缪曾经说过："重要的不是治愈，而是带着病痛活下去。"

但是让我们活下去的力量和理由，又是什么？我们如何才能够在苦难和不堪之中找到生的力量和心的安宁？

我想起占堆。我想等天亮给他打个电话。凭冯小青目前的状况，完全有可能飞过去找他。他应该有知情权。

我还在沉睡。占堆的电话犹如从梦中飞越过来。我在迷糊中接听电话，耳畔有我熟悉的风的声音，有被风吹得猎猎作响的经幡的声音，而占堆说的话就在风与经幡的撕扯之间传过来，隐约而遥远。我竖起耳朵、调动起所有的听觉神经才能够听清他的每一个句子。

"我在鲁康噶那达坂上，此刻，流浪狗就在我身边……"
耳畔传来几声狗叫的声音。

听出来了，是那只流浪狗在向我打招呼。我双眼一热，一股热流涌上来。这是我第一次听见它叫，像一种来自远方的召唤。

"你知道吗，它已经怀孕了。我刚刚才看出来……"
占堆把电话转成微信视频。我看见他正坐在经幡前面的那块大石头上，流浪狗也紧挨着他坐着。我和占堆互打招呼。流浪狗也朝着视频不停摇尾巴，嘴里发出呜呜的声音。

　　记得上次我和占堆去鲁康噶那的时候，那只流浪狗只愿跟我亲近，不太敢靠近占堆。而此刻，他们却肩并肩坐着，就像亲密无间的兄弟。

代后记：重返阿里

　　是的，时隔一年半，我再次走进阿里。阿里在很多人的心目中，都有一个固定不变的印象：那是一个远在天边的神秘的无人区，离天最近，紫外线最强烈，严重缺氧。

　　而此刻，我就置身于阿里的中心，噶尔县援藏干部住的大厦里。这是一个套间，有卧室、客厅、洗手间和厨房，客厅和卧室里只有茶几，没有书桌。于是，我把厨房当成我临时的书房，因为厨房里有一张闲置的长方形餐桌，还有几把椅子，我正好可以坐在这里敲打完这篇后记。

　　我不是来援藏的，我只是一个旅行者，偶尔路过此地，借以栖身，也借以了解远道而来的援藏干部的饮食起居，聆听他们的人生故事。我对他们的故事充满好奇。同样，他们对我的到来也充满好奇。就像我身边总有些人对我表示不能够理解，为什么一个女人不好好待在富庶丰饶的江南老家，非要一次又一次地冒着各种危险和艰苦走进西藏、走进阿里、走进严重缺氧的无人区？

　　我也说不清楚为什么。至今也没能找到一个说得过去的答案。但，我理解我自己，我知道自己需要什么和不需要什么。我也知道，在理解与不理解之间，横着难以跨越的万水和千山，而我自己跨过去了。

　　2017年11月，我再次走进阿里。大雪即将覆盖这片蛮荒之地。我在海拔五千多米高的鲁康噶那达坂上，遇见了那只亡命天涯的流浪狗。那时候，当地因预防一场瘟疫的蔓延而下令捕杀所有的流浪狗。那只通晓人性的流浪狗，居然将自己寄生在五千多米高海拔的经幡堆里苟延残喘。出乎意料，却又在情理之中。在藏地土生土长的流浪狗，一定知道，有经幡的地方就有神灵聚集，只要心中有信仰的人，都不敢朝着经幡开枪，也绝不会以任何方式在经幡堆里去消灭一条狗或其他动物的生命……

狗摇着尾巴向我乞食。在那个远在天边的荒原，在惊愕过后恍然大悟的瞬间，我和那只狗惺惺相惜，仿佛同为天涯沦落人。

在灾难来临之际，哪怕多活一天，多活一小时，多活一分钟……只要活下去，是那只孤独、有灵性又顽强的流浪狗的所有的愿望。我被深深感动了。由此而生的万千感慨，终于化成这部长篇小说《逃往经幡》。

2017年11月的那些日子，我一直住在阿里地区的札达县城，离古格遗址不到半小时，但我去不了——没有车。朋友的车在路上撞坏了，没地方修，车子就在酒店旁边扔着。我只能一个人瞎转。但此行我最想去的地方并非古格，在此之前我曾到过几次古格，因此，不去也罢，不会有什么遗憾。我最想去的地方，是穹隆银城遗址。我知道它离我很远，我从没去过，也不知道到底有多远。只知道那儿很偏，路不好走，或者，压根就没路。那些天，我一有机会就向周围的人打听，所有人都说不知道，或者说从没到过那里，有些甚至连名字都没听说过。这更激起了我的好奇心和探知欲。

札达没有出租车，我满大街找，角角落落都找遍了，也没

逃往经幡

租到一辆车子。只有站在路边碰运气。我运气向来不错。后来拦到一辆警车，和那个警察磨破了嘴皮子，才说服对方，请他把我送到穹隆银城去。我们约好第二天一早出发。他居然也没去过那里。我查了下，穹隆银城遗址的所在地，应该就在札达县区域内，归属他们管辖。但他说，那地儿偏得很，也不知道有路没有，再过去就是印度了，好端端跑去那儿干啥。可我偏就要去，非去不可。好在，他是本地人，藏族，又身穿制服，眉宇间流露出一股正气，我本能地相信他，这是个好人，他应该会有办法把我安全送到目的地。

第二天，果然如愿以偿，经过一路颠簸和折腾，终于找到穹隆银城。荒芜寂寞了三千多年的遗址，突然闯进我视线的那个瞬间，我被震惊到了。我小心翼翼地走向遗址深处，唯恐惊扰了千年前的灵魂。这里曾经是苯教的发源地，象雄国的古都，一个辉煌灿烂、雄霸天下的王朝……怒吼着呼啸而过的狂风撕扯着我的衣裳，我被吹得东倒西歪，整个思绪沉浸在远古时代的另一个世界里，无数的细节和千万种可能性扑面而来。我的想象又长满了翅膀。

这片神秘的古象雄遗址，后来便成了我的小说《逃往经幡》里的乌托邦的场景地。小说本是虚构的产物，故事、情节和人物都是虚构的，唯独我走过的路线和所经历的场景是真实的。这些年，世界各地走得多了，总有些地方让我感慨万千，并且触景生情。作为一个写作者，总想去用文字的形式留下些什么。但我不太喜欢写游记。那就写成小说吧。我喜欢把那些震撼到我、感动到我的地方，变成形态各异的容器，然后试着装进一些虚构的人物和故事，让它们变成一个又一个拥有生命质感的小说。那是一种创造，也是一种自我完成，带着冒险的不可告人的快乐。

小说已在编辑手里，很快就要出版。就在今天早晨，我又出发去了穹隆银城。特意去的。沿着陡峭的山谷，那条蜿蜒蛇形的可以把人的肠子都抖出来的烂路不见了，新的水泥路修在了半山腰上。道路和越野车及司机都很好，一路畅通无阻。可能少了途中的坎坷、崎岖和冒险心理，再次走进穹隆银城遗址的时候，我已没有震惊的感觉。虽然它依然雄伟、空阔，悲情漫漫。

我沿着原来走过的路，一步一走地走向遗址深处和高处，在我心里不断跳跃而出的，都是小说里的人物和情景，它们明明都是我虚构的，但却如此真实地存在着，仿佛就在我的眼前、在我身边、与我交头接耳并窃窃私语……

我终究没有勇气再去鲁康噶那达坂。那只流浪狗，它能熬过整个冬天的大雪和冰冻吗？在穹隆银城遗址，有很多大小不一的洞穴，三千年前的象雄古人就寄居在洞里。三千年后的今天，我经过这些洞穴，偶尔发现洞中有白骨堆积。向人打听，这是什么骨头。被告知是动物骨头，譬如羊或狗或别的什么动物，大雪天避寒，它们会躲进洞穴中去取暖。然后，大雪一场接着一场，积雪封住洞穴，它们没吃没喝，只能冻死在里面，再也没有出来的机会。当漫长的寒冬过去，冰雪融化，它们已经变成一堆白骨。而在海拔五千多米高的鲁康噶那达坂上，连个取暖遮身的洞穴都没有，仅有的空中飘扬的经幡，又能为那只流浪狗挡住多少冰雪与风寒？它又如何能度过一整个漫长的风雪交加的寒冬？

在即将离开的这个夜晚，我想起走过的一些路，想起在路上偶尔决定的一些事情，它们在发生的时候，总是不早亦不晚。恰好那年冬天我阴差阳错地决定走进阿里；恰好在鲁康噶

逃往经幡

那达坂上停下车来拍摄经幡，却一转身遇上了那只流浪狗；又恰好在找不到车的情况下遇到那个好心的警察，把我带到穹隆银城……

　　所有的遇见，都已过去，或者，正在过去，而这部小说却诞生了。仿佛命中注定。

2019年7月19日晚
于阿里噶尔县狮泉河边援藏大厦

图书在版编目（CIP）数据

逃往经幡 / 鲍贝著. -- 北京：作家出版社，2019.9
ISBN 978-7-5212-0523-7

Ⅰ.①逃… Ⅱ.①鲍… Ⅲ.①长篇小说 – 中国 – 当代
Ⅳ.①I247.5

中国版本图书馆CIP数据核字（2019）第082553号

逃往经幡

作　　者：	鲍　贝
责任编辑：	向　尚
装帧设计：	张永文
出版发行：	作家出版社有限公司
社　　址：	北京农展馆南里10号　　邮　　编：100125
电话传真：	86-10-65067186（发行中心及邮购部）
	86-10-65004079（总编室）
E-mail:	zuojia@zuojia.net.cn
http://www.zuojiachubanshe.com
印　　刷：	北京明月印务有限责任公司
成品尺寸：	133×214
字　　数：	157千
印　　张：	6.75
版　　次：	2019年10月第1版
印　　次：	2019年10月第1次印刷
ISBN　　978-7-5212-0523-7
定　　价：	28.00元